东西
不可思议物语

[日] 涩泽龙彦 —— 著　　张斌璐 —— 译

广西师范大学出版社
· 桂林 ·

小阅读·文艺

前 言

　　怪异物语的历史可谓源远流长。欧洲日本如此，中国印度亦然，总能让我们找到此传统之流脉。当其于现代重新兴起，使我们得以靠全新之眼光去阅读时，更能令人充满惊异之乐趣。

　　我并非学者，也无心于那些佶屈聱牙之理论。仅仅是作为读者，为求此类惊异之乐趣，遂编此近五十篇怪异物语。愿读者诸君也不必正襟危坐，且随我一同享受惊异之乐趣便足矣。

　　话虽如此，然而此类为怪异之事所吸引之精神究竟为何物？或许正是恒久不失赤子之心之别称吧！此处我强调一点，能于惊异中见趣味亦是一种本领，也需要独到之技巧。

　　这本《东西不可思议物语》乃是自昭和五十年十二月七日起于《每日新闻・周日版》上连载，一年间刊载了四十八篇。如今单行本发行，增补了一篇。

　　文章在次序上并没有蓄意编排，读者随喜好任意阅读也无妨。虽说我实际上更想说："读了满意再付钱"，然而却无法当真如此要求，殊为憾事。

昭和五十二年三月

涩泽龙彦

目　录

1 役使鬼神的魔法博士

日本平安时代的阴阳师们，总会驱使一种人们难以看见的、名叫式神的鬼神，并借此来行使各种各样的魔法。

虽然说看不见吧，但有时他们也会露出身形，像小孩子的模样，跟随在阴阳师身后。每次去奈良或吉野的寺庙，在那昏暗的庙堂之中，可以看到有个穿着木屐的修行者形象，左右各有两个小鬼，后鬼贴着前鬼站立。虽说是神明吧，不过要说起来，我觉得更像是妖怪。

在《一千零一夜》里，阿拉丁擦拭神灯，出现了一个可怕的魔鬼，说道："主人有何吩咐？"这个魔鬼一定程度上也像是式神。

在《今昔物语》和《宇治拾遗物语》里，有很多能够自由使用式神的阴阳师的故事，待我来讲一讲。

在当时的阴阳师里，最有名的是安倍晴明，他是一个大魔法师。某天，有一个老僧去访问他。刚见面，他发现老僧身后还带着两个十岁上下的孩子。

老僧口称："先生的评判远近闻名，能否将阴阳道的奥秘传授与我？"

晴明心中暗忖道："呵呵，这家伙看来也是会一点法术的，特地来试探我啊。不过我岂会轻易上当呢？这人看来颇有些傲气，待我来戏耍他一番。看样子，这两个孩子是式神吧，且让他们就此消失吧……"

想到这里，他偷偷地在衣袖中结下法印，暗中念起咒语，同时对他说："今天我有些忙，不如等良辰吉日再教你吧，且先回去。"

老僧高兴地走了，不过很快他又急匆匆赶了回来，说："和我同来的那两个孩子找不到了，莫不是得罪先生了？请归还给我吧。"

晴明佯装不知，笑着说："真是奇怪，你觉得我是那种会偷人孩子的人吗？"

老僧急得脑袋点地："您说得是，但是无论如何请原谅我吧！"

晴明觉得有些过意不去，便说："好吧，如此则原谅你一回。你既然使用式神这类东西，受到试探自然也属正当。但你也要看看对手是谁。"

于是，他再一次在袖中结起了法印，默默念咒。没想到那两个孩子却从外面走了进来，老僧这才真正叹服，称颂不已。

此外，在《今昔物语》里也有这样的故事，安倍晴明用式神在刹那间杀掉了从池里跳出的五六只青蛙。他把草叶剪得粉碎，对着青蛙那边一把扔过去，结果每只青蛙都粉身碎骨。

想到式神这类东西，我的头脑里总会浮现出 16 世纪欧洲的大魔法师帕拉塞尔苏斯 ①。他作为炼金术和占星术的大师，也可以说是欧洲的阴阳师。据说，帕拉塞尔苏斯不离身的那把宝剑，在剑柄所握之处的圆球里便

① 帕拉塞尔苏斯（Paracelsus，1493—1541），中世纪炼金术士、占星师、医生。他将医学和炼金术结合，首创化学药理，奠定了医疗化学的基础。

封印着一头恶魔。当面对那些讨厌的对手时，便驱使恶魔，让对方魂不附体。

19 世纪的法国魔法师斯坦尼斯拉斯·德·瓜伊塔在他巴黎公寓的橱柜里养了一头恶魔，就像使唤用人一样使唤着它。可见这样的故事还真不少呢。

2　灵魂出窍

在格林兄弟所收集的德国传说里，也有一些故事非常像我国的《今昔物语》，里面有很多关于妖怪变化的故事，或者各种奇闻异事，总会给我们带来极大的乐趣。前川道介氏写过一本《德意志怪异文学入门》，接下来介绍其中"德国传说"的第 455 个故事。

伦茨的大祭司海因里希在一个夏天和他的门徒一同外出旅行，到了中午，正是炎热的时分，他们便在树荫下乘凉休憩。当值的兵士有意无意地看着他们睡觉。在其中一个兵士的嘴里，忽然出现了一只白色的鼬鼠般的小动物，向附近的小河爬去，到了河岸边却不停徘徊。有当值兵士见到了，便拔出自己的剑当作桥，这动物便飞速从剑上渡过河，到了对岸，很快就看不见了。

不久那动物总算回来了，在岸边依旧是徘徊不已。那个好心的兵士又拔出剑来让它渡过河。很快那动物再次跳进了此前那位兵士的嘴里，又消失了。这时，这名睡在那里的兵士忽然睁开眼睛，说道：

"我今天走了太多路，连做梦都那么累，而且在途中还不得不两次渡过一座铁桥……"

人的灵魂在睡着的时候会变成各种各样的小动物，并逐渐离开肉体。不仅仅在欧洲，在印度、中国、日本的那些古代故事里，这种信仰都是广为人知的。所以会有这样的说法：假如使熟睡的人突然惊醒的话，他的灵魂就找不到回来的路，于是这个人就会生病。假如说把头和脚的位置互换的话，那么灵魂回来就找不到路口，这个人说不定就会死去。在两个人一起睡觉的时候，灵魂有时候也会搞错肉体，跑到别人的身体里去。这种怪事也发生过。在《和汉三才图会》的第七十一卷里，南方熊楠曾经写过这样的故事。

在柳田国男写的蜻蜓老人的故事里，也有关于灵魂出窍的传说。过去有这样一个贫穷但是心地善良的人，他和妻子一起在山里耕田，累了在树荫底下的草丛里休息。妻子看到有一只蜻蜓从这个男人的嘴里慢慢飞出来，向山的另一面飞去，就这样几度往来。妻子赶紧把他唤醒，这个男人醒过来以后说：

"我刚做了一个非常奇怪的梦。梦见到对面山里的暗处去了，那里涌出了好多清水。喝一口，竟然是美酒啊，现在嘴里还留有甘甜。"

那时夫妇俩都觉得非常不可思议，于是就想到那边去看一看。结果确实有山泉，而且那泉水的确是上好的美酒，夫妇俩从此酤酒为生，并挣了大钱。这只蜻蜓，也就是这只昆虫，看来就是这个男人的灵魂吧。

在江户时代松浦静山的随笔集《甲子夜话》里，故事就有些让人讨厌了。

在平户有个人叫泥谷，晚上他驾小船出去钓鱼。船里有一个打扫的下人急着要去喝水，他知道在半里路外对岸的绝壁处会涌出清水。但是泥谷当时正在钓鱼，不愿意离开，便不允许他上岸，于是这个下人就开始休息了。很快，在下人的鼻孔里出现了酸浆果般的绿光，慢慢飞了出去。这绿光飞着飞着就飞向了清水那岸的方向，很快又飞了回来，回到了这个下人的鼻孔里面。

不用说，这个下人在梦里飞到对岸去喝清水啦！

3　家宅幽灵

　　家宅幽灵在德语里面是"吵闹鬼"的意思。它们有时也会摇晃家里的桌子、家具、碗柜等，来引起你们的注意。它们的样子基本上是看不见的。在德国和英国的乡间总会出现一些不可思议的事件，据说这就是自古以来那些喜欢恶作剧的妖精所干的事。

　　日本也有，比如说在《古今著闻集》等书里常常会有类似的故事，很多时候是狐狸干的好事。著名的《稻生物怪录》中出现的各种妖怪，其中也有一种家宅幽灵。

　　我听说过很多关于家宅幽灵的故事，其中最有趣的莫过于十几年前在美国发生的一件事情。据 AP 通讯社①说，当时日本的报纸也就此事件做过一些小报道，或许有人还记得。简单说吧，这是一桩瓶盖会自动跳舞

————————————
①　美国联合通讯社。

的怪事。

　　在纽约东部的长岛，有一个小城叫作锡福德。在那里住着哈曼一家。1958年2月3日下午3点半左右，哈曼十二岁的孩子詹姆斯从学校回家，进入自己房间时，发现了一件奇怪的事，那就是放在橱柜顶上的陶瓷人偶和船模都掉在地板上，摔得粉碎。詹姆斯赶紧大喊，呼唤他的妈妈和十三岁的姐姐露西。她们来后也吃了一惊，因为詹姆斯自己是绝对够不到橱柜顶上的。而家里面除了外出上班的父亲之外，只有他们三个人。

　　走进第二个房间，哈曼太太又发现了奇怪的事。盛圣水的瓶子倒在地上，盖子也被拔掉了，圣水从家具上四处流溢到地板上。他们一家是非常虔诚的天主教徒。

　　"真是奇怪呀，刚才什么声音都没有听见，真讨厌！"话音未落，洗手间那边又传来"砰砰砰"的声音，三个人赶紧到那边去。

　　只见洗手间里放在台盆上的化妆品和香水瓶的瓶盖，一个不漏都跳了出来，简直是一场瓶盖的革命。

　　当他们来到地下室的时候，当着哈曼太太和詹姆斯的面，那些漂白液的瓶盖子全部都飞到了箱子的外面，在水泥地板上跳着舞，最后全部碎裂。这些都是在眼前的事，液体溅得衣服上到处都是。

　　奈瓦尔写过一篇短篇《绿色妖精》。故事说在一个空房间里，每天晚上都能听见恐怖的声音。宪兵队长壮起胆子到地下室去查看，却看到葡萄酒的瓶子一个不落地在那里列队跳舞。

　　不过好在这只是小说，假如是真实故事的话，那就很糟糕了。最后不仅仅是瓶子，灯、镜子、家具和收音机这些全都晃起来了。到了第六天，实在没法忍受的哈曼太太向警察求助。当然了，警察也给不出任何理由，只能找来科学家和灵异学家来查看家里的电线等设施的情况，可是还是没有找出原因来。

　　家宅幽灵，一共闹了五个礼拜，然后总算安静下来了。

　　有的学者认为家宅幽灵只会在有小孩的家里吵闹。不过，究竟是不是这样，也没人知道。

4 两头蛇

住在苏格兰的湖里的尼斯湖水怪究竟是真的还是假的，这个问题又成了一个热门话题。过去在日本也有被称作野槌蛇——形似啤酒瓶的蛇的话题。对我们来说，多少会带有一种来自动物学的浪漫主义情结。那种对未知的怪兽不可限量的好奇心又被激发起来了。

在故事里，两头蛇并没有尼斯湖水怪那么庞大。在日本或者欧洲，自古以来都不少——不是一端有两个头，也不是头分两股，而是前后两端都有一个头的那种非常奇怪的蛇。

文正七年十一月二十四日黄昏，住在深川六间堀町清兵卫店里、源兵卫家的土船雇工卯之助，在本所坚川疏浚水道时，锄头挖出了一条长约三尺的怪蛇。土船就是运送沙土的船，而锄头则是铲沙土的长柄工具。以现在的感觉来说，沙土船就是像是土方车那样的东西吧。

被抓住的那条蛇有两个头，身上有两条黑色的条纹。一边的头比另一边的要小很多，相当不可思议。

卯之助把这条蛇带回到了番所，名主町役人检查过后，把它交给了町奉行筒井伊贺守。

以泷泽马琴为首组建的同好会，会员们将各自搜集来的奇闻异事拼凑在一起，编成了《兔园小说》一书。该书也收录了关于两头蛇的故事，并配有插图。插图是一个名叫数原清庵的医生在本所竖川的名主家里见到了真实的两头蛇后所作的画。听上去难以置信，但实际上是真的。

在欧洲，两头蛇被称为 Amphisbaena。这来自希腊语，"amphis"表示两个方向，"sbaena"就是往前走的意思，也就是两边都有头，哪个方向都能前进。方便归方便，但是有两个头的话分别朝相反的方向前进，究竟要怎样才好呢？也难免让人有些担心啊，不过我也没必要去担心蛇的事儿。

自希腊以来，提到 Amphisbaena 的作家非常多，其中最具代表性的是著名的《博物志》的作者——古罗马的老普林尼。

"Amphisbaena 有两个头，也就是说它的尾巴同时也是脑袋。或许是其中一个头吐出的毒液还不够强大的缘故吧，它的全身布满斑点，毒性猛烈，从树上飞向猎物。所以不光在地面上需要担心，它也能像从机器上发射出的箭一样，从空中直接飞过来。"

读了老普林尼的记载，可见这真是非常可怖的蛇，恐怕和日本的两头蛇是不同的种类吧。

也有人认为两头蛇的传说是迷信，怀疑其是否真实存在。17世纪英国的托马斯·布朗就声称无论在哪里都找不到这种生物，便否定 Amphisbaena 的存在。不过大名鼎鼎的动物学家居维叶则认为 Amphisbaena 或许属于无足蜥蜴的一种。

这种蜥蜴像蛇一样没有脚，尾巴的尖端并不很细，和头差不多粗，所以它的尾巴和头经常被搞混。这是居维叶的观点。日本江户时代的两头蛇，或许正是这种没有脚的蜥蜴吧。我也不知道。

5 雕刻铜版画的幽灵

塔尔蒂尼的小提琴协奏曲别名叫作《魔鬼的频音》。这是因为魔鬼到了他的梦里，并向他演奏了在人间无法想象的那种技巧的曲子，因而得名。当他醒来后赶紧在五线谱上把曲子记下来，这便是这段音乐的由来。

这名意大利作曲家在梦中有魔鬼向他传授了高难度的曲子，类似的事情在日本也曾经出现过，待我来说说看。这些故事都是流传已久的，家里有老人的或许都知道，那样更好。

在平安时代初期，声名显赫的文人都良香，有一次前往琵琶湖的竹生岛参拜。他眺望着广阔的湖面，心生感慨，得了一句"三千世界眼前尽"。得此句后，却想不出续句了。正在为难时，那天夜晚在他梦里弁才天出现了，续了下一句："十二因缘心里空。"

都良香这个人常常去吉野的大峰山里修行仙术，据说后来也成了神仙。或许他也有一些超能力吧。不过还有一个故事则是说他从鬼怪那里得到了续句。

有一次都良香得了一句"气霁风新柳梳发"，又续不出下一句。他自顾自地苦苦吟诵，路过了罗城门之下，在城门上传来一个声音："冰消浪旧苔洗须。"这无疑是来自罗城门上的鬼怪。或许这是非常风流之鬼吧，和塔尔蒂尼梦里出现的魔鬼十分合拍。

在梦里突然间获得自己都难以想象的艺术能力，这样的例子不少见。但是得到鬼怪或者魔鬼助力的，恐怕还不是很多。

在19世纪的法国，有一个名叫维克托里安·萨尔杜的通俗戏剧家。可能他在日本还不是很有名，不过说起歌剧《托斯卡》的原作者，你就恍然大悟了吧。这个人年轻的时候醉心于通灵术。有一天晚上他梦见了名叫伯纳特·贝利希的鬼怪，让他准备在金属板上雕刻的凿子，并按照指示雕刻铜版画。

需要说明的是，贝利希是16世纪法国的陶工，同时也是作家，在国内非常有名。他可以算是文艺复兴式的那一类百科全书式人物。不过无论如何，在萨尔杜的时代看来，总归是三百年前的古人了。

萨尔杜在此之前从来没有雕刻过铜版画，对于画家这个行当也是彻底的外行人。他就跟随命令在金属板上不停地凿。不可思议的事情就这样发生了。那只手自己开始活动起来。并在金属板上刻下了精致的纹路，连他自己都没想到竟会有如此的天才。这当然是靠着贝利希的幽灵在上面运作。

就这样工作了好几夜。萨尔杜把一同钻研通灵术的伙伴叫到了自己家，让他们观察自己雕刻时的样子——这是一种只有被根本无法亲见的力量所引导才可能完成的超人的事业，朋友们咋舌不已。

在最终完成的那些铜版画里，充满着幻想之物，有死后的灵魂离开地球移居木星，在那里像在人间一样重新生活，那种情景描绘得清清楚楚，几乎就是天国的美好生活。我曾经见过这幅画的复制品，确实不是外行人的手笔，笔触非常纤细。

萨尔杜这种情况不是做梦，跟鬼怪魔鬼的关系也不大。主要还是由于在超自然力量的引导下完成了艺术作品，在这一点上比较接近塔尔蒂尼和都良香的例子。

6 随光而变的怪脸

在江户时期的后半叶，有一名叫作橘南谿的医生，从东到西走遍了日本全国，并将其见闻记载在《东游记》和《西游记》两本书里。一时间洛阳纸贵，其游记几乎成了当时的 *Discover Japan*。在他的《东游记》这本书里，有一个"四五六谷"的故事。

四五六谷是位于越中、飞騨、信浓三地之间的山谷，在神通川的上游。此谷极为幽深，似乎难以抵达谷底。

根据南谿的说法，那年头在飞騨国的舟津地有两个男子，为了探谷之深处，遂准备了三天的粮食，沿川而下。粮食穷尽后，二人便钓鱼而食，逐渐到了谷中。

那时，其中一人扭头看向正在钓鱼的同伴的脸，见那张脸竟变得如同鬼怪一般，顿时大为惊惧，忍不住放声惊叫起来。那同伴听到他的叫声，转头看时，也忍不住放声大叫。因为在这同伴眼里，他的面容也同样变得如同鬼怪。二人彼此都见了对方化作鬼怪般的脸，知道此地必有不洁之物，急匆匆逃离了那里。

直到远远逃出山谷后，二人对视，只见双方的脸面一如往常，没有任何改变，走过的也只是极为普通的道路。

二人思忖道："那谷里必有山神居住。定是山神不喜自己的领土被搅扰，遂将涉足此处的人类之脸变得那般诡异。"

然而，那些飞驒高山里人的想法，却和他们不同。

"这可不是什么山神的作为。只不过就是山谷里光影的变化，让人的脸看上去发生了改变。在飞驒的很多地方，但凡有人往来的谷道，也会有人脸突然被拉长的情景。只要穿过那个山谷，便能恢复如常。只有不太走这种路的人会感到奇怪，对当地人来说早就见怪不怪了。"

这就是《东游记》里记载的事。

在深山里走了好几天的旅人，常常会因为疲劳而出现幻觉。不过两个人同时出现幻觉的事也属少见，看来这也只可能是物理或者气象所导致的光线变化的现象了。

江户时代作者不明的《梅翁随笔》里也提到过类似

的现象，不过不是在室外，而是房间里面。说的是晚上
女子们一起在灯下做针线，其中一个女子的脸突然变得
很长很长，又突然变得很短，很可怕。不过这也许不过
就是灯笼光造成的结果罢了。

　　读这些故事，我脑海里不由会想到 16 世纪的意大
利魔法师詹巴蒂斯塔·德拉波尔塔的灯光实验。德拉波
尔塔写下了这些话：

　　"古代哲人阿那克西劳斯（Anaxilaus）用快要燃尽
的蜡烛芯把人的脸弄得跟妖怪似的，其实这些对我们来
说简单得很。刚刚和种马交媾完的母马，其分泌物中充
满毒素，把它放置在新的灯里燃烧就可以了。那样，现
场之人的脸立刻就会看上去和马脸一模一样。"

　　对于这种道听途说呢，谁要是有兴趣，不如自己去
实验看看呗。

7　占卜未来的镜子

　　能够映照出一切事物的镜子，不管在东洋西洋，想必都是自古以来最为神秘的东西。镜中乃是另一个世界，和我们的现实世界完全对称。光这一点，对于古人来说就已经有了相当不可思议的魅力。

　　其实不仅仅是古人，镜子也充分刺激了我们的想象力。我们总会想起白雪公主的魔镜、爱丽丝的镜中国、科克托的电影、博尔赫斯的幻想小说……

　　在西方的水晶占卜里有拿魔镜来进行占卜的故事。其历史极为古老，据说是源自波斯，其实已经很难稽考。鲍萨尼阿斯的《希腊志》里记载，大地女神克瑞斯的神殿里悬有一面镜子，几乎低至泉水的水面。每当向女神克瑞斯献祭后，拉起这面镜子，在镜中便会映出献祭者未来的形象。

　　这种通过镜子来知晓未来的水晶占卜，此后在欧洲大行其道。英国伊丽莎白王朝的占星博士约翰·迪伊、宗教战争时期的法国王妃卡特琳·德·美第奇，以及在随后的时代里，法国革命时期的骗子卡里奥斯托洛，这些人都热衷于用镜子来占卜。

日本镰仓时代的《古今著闻集》里，也有同西方的水晶占卜类似的故事，我来引用一段。

在九条大相国还没发迹的时候，有一次他窥向宫中那座被称为后町的井，水中映出了他成为大臣后的样子。他大喜过望，回家揽镜自照，却再也见不到大臣的身形。于是急匆匆返回宫中，又朝井底看，再次见到了大臣的身形。

那时他心里就想，既然说"镜子近而不见，向井底幽深处看，却能看见成为大臣的自己"，这不就意味着好多年以后，在久远的将来，我终究能当上大臣的意思吗。从那时起过了很多年，他最终还是成了大臣。后来还成了一个占卜的名人，像左大臣藤原赖长这些人总是来向他咨询，请他看面相之类。

这个故事中的镜子严格来说也不是镜子，只能说是水镜。不过镜子或水镜本质上发挥了同样的功能。

水镜的奇迹也常常会出现在日本的民间物语或者戏剧故事里。譬如说《里见八犬传》甫一开头也有这样的怪事。安房里见家的女儿伏姬正悬想着犬之八房，汲取砚台之水时却在清水里映出了自己的脸，脸成为了犬的样子。也许因为日本有很多这样讲果报的故事，所以能够映出未来的镜子总会被拿来作为重要的伏笔。

说到因果，地狱里阎魔王在殿中所悬的业镜也能算是魔镜的一种。只不过在这面镜子里映出的不是未来，而是过去。

被带进阎魔大殿里的亡灵，无论如何总会在镜子里照出自己生前的种种罪恶，逃也逃不掉。

在基督教里，掌管审判死者的是大天使米迦勒。大天使手持天平称亡灵的重量。和这种复杂的程序相比，业镜在一瞬间就能把人生前所做的种种显示出来，就像被隐藏的摄影机拍下来的纪录片一样。哪一个更加方便，更加文明呢？

8 石上出现的脸

哪怕是如今，世界各地也常常会出现一些科学没法解释的奇异现象。比方说西班牙安达卢西亚地区的城市哈恩附近，马希纳山脉里的小村贝尔梅斯-德拉莫拉莱达所发生的那些事件，说起来也奇怪得很。

那一带的农夫几乎全都在山坡上种大麦或者油橄榄树并饲养山羊，以此为生。胡安·佩雷拉家也是这些平凡农夫中的一家。他太太有一个长长的名字，叫作玛利亚·比拉尔·戈麦斯·卡马拉。他们有两个孩子叫作蒂亚戈和米格尔。这一家人勤奋劳作，在周围的名声都很好。

1971年8月的某一天，玛利亚打算去弄点吃的，当她擦拭火炉的灰时，在火床的石头之上见到了一个画面。这是什么呢？她把灰拂拭干净后，石头上清清楚楚出现了一个人脸的形象。玛利亚顿时大惊失色，瘫坐在了地上。

稍作镇静之后，她鼓起勇气想拿抹布将其擦去，可怎么擦也擦不掉。哪怕又是搓又是洗，那张脸——女人的脸——一点也没有消退。

这是一张和人脸差不多大小的脸，有口鼻，连头发和鹅蛋形的脸的轮廓，都是用杂糅灰色的深褐色线条清清楚楚勾勒出来的。玛利亚在震惊之余叫来了她的丈夫，也叫来了很多附近的人。

"这是谁画的？"佩雷拉疑惑地问。但是一家人里谁都没有那么高的绘画水平，这是明摆着的事实。"是恶魔的杰作吗？"充满迷信的西班牙农民甚至这么想道。

随后，每天都会有很多人来参观这件东西，搞得佩雷拉也不胜其烦。他找来了泥瓦匠，在火床的石头上浇了三厘米厚的水泥。佩雷拉心想，这样一来总可以安心了。

但是随着水泥慢慢变干，又在同一个地方出现了同样的一张女人的脸。而且颜色变得越来越浓，和原先那幅画一样，特别清晰。

佩雷拉忍无可忍。他再一次找来了泥瓦匠，干脆把火炉的石头直接切开，又把下方的地面挖开。挖到两米六左右深时，出现了一座墓的样子，在土里找到了人的骨头。

　　根据记录显示，佩雷拉一家的房子是建在昔日腓力四世的年代（17世纪）的墓地之上的。这点搞清楚了，但是究竟为什么会有女性的脸，依旧是个未解之谜。

　　他们重新把地面填埋好，又再次用水泥加固。玛利亚把切下的石头安置在厨房的一角，奉上花，开始虔诚地祭拜。

　　心想这样总没事了吧，可三个月之后的11月15日，在新的水泥面上又出现了同一个女人的脸，简直纠缠不休。但是这一次没有之前那样鲜明了，只是在脸的周围出现了很多小的人脸，就像太阳周围的行星那样。

　　西班牙的小村庄里一下子集结了大量科学家、灵异学家和新闻记者，纷纷踊跃前来想要探究这件奇事。然而，到最后还是一个谜团，没法解决。虽然有人说这是氯化银和硝酸银的化合反应造成的结果，但为什么会出现女人的脸，依旧是一个难解之谜。

9　对于自己形象的幻觉

　　和自己一模一样的人出现在面前，就像镜子里照出来的那样，碰到这种事，一般人都会害怕到失声吧。对于正常人来说，这似乎不太可信，不过这种情况古来就有，在精神医学上被称为自我幻视（autoscope）。

　　后来自杀的作家芥川龙之介对于这样的现象表示了异常浓厚的兴趣。他说自己也有类似的经验，因而也充满不安。江户时代在仙台有一位名叫只野真葛的女性写过一本《奥州波奈志》的随笔，里面也记载了在日本颇为罕见的自我幻视的例证。芥川也特地将其写到了自己的创作笔记里。

　　有个名叫北勇治的人，从外归来，刚打开家门，就看见书桌边有个男子。正仔细看时，却见从发髻到衣服腰带，和自己平时的装扮毫无二致。简直就是从背后看自己的样子，怎么看都是本人。"去前面看看脸吧！"

他心里想着，便大步跨向前去。而那个男子也背向着他，
从移门的缝隙里直接走到外面。

　　勇治追上前去，把移门打开，而男子的身姿却消失
无踪。他觉得太难以置信了，便将此事告诉了老母亲。
老母亲只是皱眉不语。从那时起勇治就得了病，年内就
去世了。奇异之处在于，这北家一连三代都是家主能见
到自己的身形，而且见到后不久就死了。

　　这就是《奥州波奈志》里"影之病"的故事。

　　正如在这个故事里所记载的那样，自古以来自我幻
视就被看作是死亡的前兆。有个叫吉村博任的医生写过
《泉镜花·艺术和病理》的书，书里也专门从医学的角
度来说明了这种现象，很有趣。根据吉村的看法，小说
家泉镜花也有这样的倾向。

　　让我们把目光再转向欧洲吧，这种现象在艺术家的
作品里也有相当多的记录。譬如说歌德在《诗与真》第
三部里，也记载了自己的体验。

　　歌德二十一岁的时候进入了斯特拉斯堡大学，他在
校的时候，和附近的村庄里名叫弗里德里克的牧师的女
儿交往相恋。后来渐近毕业，不得不和姑娘分开。正是
这满怀惆怅地和姑娘相会之后，他骑着马走在乡村小道
上，却见到迎面而来也有一人一骑缓缓走近，完全就是

他自己的相貌。

诡异的是，对面这个和自己一模一样的男子，身上穿的是自己从未穿过的金色和鼠灰色相间的衣服。这不是梦境吧？歌德狠狠地晃晃脑袋，那幻觉突然消失了。但是，八年以后，他又去寻找弗里德里克，走上了同一条小道，歌德无比偶然地穿了那件和幻象中男子所穿的衣服。也就是说，歌德所看到的是他自己未来的身影。

在精神医学里，有所谓"双重人格"（杰基尔博士和海德氏在这方面非常有名）的现象。根据前文所述吉村医生的意见，双重人格和自我幻视必须在理论上加以区分。

　　说我自己吧，我从来没有在眼前见到过自己的形象，这算是幸运还是不幸呢？有可能的话，到死我都不想看见。

10　会说话的人偶

耗尽心血所做的人偶竟然像活了一般，能说话能活动，这样的故事无论在欧洲或者日本都数不胜数。或许正是因为这是照着人的模样所做之物，遂和一般的事物有所不同，故也有说法称其中寄宿着人的灵魂。

哲学家笛卡尔做了一个五岁少女的人偶弗兰西，放在皮箱里面，旅行的时候常常带着它。这个故事我已经写过好多遍，在这里就不重复了。不过，这终究还是传说，没人知道是不是真的。

我接下来要介绍的是柴田宵曲氏在《妖异博物馆》里所引用的《大和怪谈顷日全集》里的故事。这故事太刺激，而且也香艳无比。我对柴田氏的文章稍加改动后，引用如下：

大御番组有一名俸禄四百石的武士，名叫菅谷次郎八。他深深迷恋新吉原一名叫作白梅的游女。每次当值的时候，他总要到吉原去。有一年，他去二条城当值，要暂时离开江户城。那时，他有时会托去江户的人捎信给白梅，等对方带回她的回信，但那样仍不满足，便托竹田山本的手艺人做了一个和女子一模一样的人偶。

这个人偶和真人一样大小，在肚子里灌上热水，就会有如人肌肤般的体温，能让人抱着睡觉，实在是精心所制。次郎八就像对着白梅一样对着这个人偶说话："白梅呀，你爱不爱我啊……"这时，人偶也轻启双唇："是呀，我很爱你……"

虽说这是能工巧匠所制，但怎么可能会说人话呢？次郎八吓了一跳，心想或许是狐狸附在人偶上作祟，便毫无顾忌地打算将其销毁。

于是次郎八一把拔出枕边的武士短刀，挥刀将这骇人的人偶斩为两截。

可是，恰巧就在他挥刀斩人偶的同日同时，也就是延享巳年七月五日八时，正在江户吉原的白梅也被初会的客人挥刀刺中胸口而死，随后男人也自杀了。这件事，后来被强行说成是殉情。

读了这个故事，我想到了梅里美的短篇小说《伊尔的维纳斯》。两个故事里都有人偶，都有情色，而且那种恐怖的氛围都如出一辙。

此外，《伊尔的维纳斯》里出现的人偶，说是雕像更恰当，这是一个从土里挖出的古代青铜雕像。有个年轻人觉得订婚戒指妨碍他打球（一种类似网球的游戏）了，便摘下戒指挂在维纳斯像的手指上，雕像的手指弯曲起来，戒指怎么也摘不下来了。这样，雕像就成了年轻人的婚约对象。到了婚礼那天，年轻人抱着新娘，新房里忽然出现了巨大的维纳斯，无情地向年轻人压过来。

雕像在夜间离开台座趋步而行的传说，从古希腊至今常有相传。这些传说中的维纳斯本身就有淫奔而追求男子的性情。这样说起来，晚上还是将其捆绑牢更好。

相比起对于真实的女性的爱恋，这种爱上人偶的倾向在心理学上被称为"皮格马利翁情结"。小说或者怪谈以此作为主题的非常多，而且多得令人吃惊。

11　同梦记

　　梦本身就足够不可思议的，而在这些不可思议的梦里，两个相隔遥远的人同时进入同一个梦境，这种现象更是难以言喻。可能是两个人念力相通，彼此放电，遂在梦的空间中迸发出火花。于是在睡梦中二人灵魂出窍，到某地去相会。

　　中国古代的《搜神记》《异梦记》《三梦记》这些书里，有很多关于这类奇妙梦境的记载。在这里介绍其中我特别钟爱的一则，来自《今昔物语》卷三十一。

　　常澄地有个名叫安永的人，为主人差使去上野国。在那里度过了很长一段日子以后，又要返回京城，途经美浓国的不破关歇息一夜。安永在京城有一位年轻的妻子，总让他心中挂念。他心想："明天就要见到娇妻的容颜了。"心中充满思恋之情。或是这个缘故吧，他逐渐步入梦乡。

　　正有个带着女子的年轻人点着火把从京城方向来，

安永心想："这人谁啊？"走近了细看才大吃一惊，那个女子分明就是自己留在京城的妻子。"这……这是怎么回事？"他还在犯懵时，那男女二人往自己所住隔壁的房间，举步走了进去。

安永透过墙壁的孔穴往隔壁窥视，只见男女二人亲密得很，取出锅来做饭，一起进餐。

"哼！趁我不在的时候，这女人竟和这种小白脸走到一起了！"安永气不打一处来，"且让我再看下去。"他定睛窥视，见二人吃完了饭，铺好了被子相拥而眠，遂开始行房。真是岂有此理！

见此景，是可忍孰不可忍，安永一把冲进隔壁房间。正打算一刀把这对狗男女杀死，却见隔壁房间一片漆黑，一个人也没有。那一刻，他忽然睁开眼睛。

"原来是场梦啊……"

做了这种不祥之梦，心中越发不安。天色刚明，安永便匆匆赶回京城去。到家门口，见妻子安然无事，安永总算长吁了口气放下心来。这时，妻子笑盈盈地对他说：

"昨晚我做了特别奇怪的梦。有个不认识的男人带着我连夜不知道上哪儿去。那边有个空房间，进去以后，两个人一起做饭，又一起吃，后来还睡在一起。这时你突然冲了进来，真是吓坏我了。"

故事到这里就结束了，不过《今昔物语》的编者在最后写道："过于忧心，反而会招致这种疑心暗鬼，当要注意。"诚然如此，起码从男人的角度来说，这种怪梦确实是想太多所致的。

不过让我感到滑稽的是，《今昔物语》里的安永在梦里像一个偷窥狂似的透过墙壁的孔穴看妻子与人私通。假如说妻子说了谎，实际上确实欺骗了丈夫，这也不无可能吧。想到这里，总觉得故事越发有趣了。

中国的《三梦记》里记载说，诗人白乐天游曲江，造访慈恩寺，想起远在他乡行旅的友人微之，便饮酒写下诗篇。正在此时，远方的微之也正好清清楚楚梦见了白乐天在长安游览的样子。这也是一种超能力般的心灵感应吧。

12 从天而降的蛛丝

关于各种空中飞碟的目击说，如今可以说是层出不穷。那些报纸、杂志甚至已经不把这个当回事了。只不过这些飞碟的记载并不是 20 世纪之后才有的现象，心理学家荣格已经充满激情地论证了这些在中世纪的德国早就频频发生。究竟是什么呢？或许是标志着时代焦虑的某种拯救性的象征，诉诸人类本能的某些幻觉吧。

和飞碟不同，有些空中的奇妙飘浮物像是蛛丝一样。江户时代的奇谈集《梅翁随笔》里引用过这样的一件事：

宽政十一年（1799 年）十月十四日，天晴无风，阳光和煦。那天在大阪，从淀川到天王寺一带，出现了像蛛网一样的东西。先是圆圆的，很快就慢慢展开，在空中上上下下飘浮，缓缓飞行。

其中有一些会落在地面上，拾起来看，和蛛网没啥区别，只是丝更粗一些。放在手掌里揉几下，就消失无踪了。实在是不可思议之物。

这片像蛛网一样的东西那天飘了整整一天，过了晌午最为繁盛，到了第八个小时（下午两点）就慢慢看不见了。到第二天，和前一日一样天气晴朗，只是刮着微风。人们都在想，今日会不会又飘来呢？从一早就在盼着。结果只是眼巴巴地等了个空，出乎意料的是，那天一点都不见其踪迹。

《梅翁随笔》的作者说到这种现象的原因时，似乎也百思不得其解。依我看，这毫无疑问就是英语里所谓的 gossamer。不过，gossamer 到底又是什么呢？

兰登书屋的《英和辞典》里有这样的词条："在草木繁茂之处，秋天晴朗之时，偶尔会出现浮在空中的蛛丝。"日本也有，东北地区有所谓"雪迎"或者"雪女房"这样的词，这种现象似乎自古以来就为人所知。据说这种东西一飘出来，村落很快要下雪了，因此而得名。

总之，这现象就是蜘蛛的丝闪烁着银色的光，集在一起于空中浮游。由于太轻了，所以几乎掉不到地上。在非常晴朗且微风吹拂的日子里，它就会出现在空中缓缓飞舞。

在莎士比亚的《罗密欧与朱丽叶》里，也曾用"蛛丝"譬喻恋爱者的移情。见第二幕第六场，劳伦斯修士

就说了如下的话：

"啊！这样轻盈的脚步，是永远不会踩破神龛前的砖石的；一个恋爱中的人，可以踏在随风飘荡的蛛网上而不会跌下，幻妄的幸福使他灵魂飘然轻举。"[1]

要是莎士比亚知道在遥远的大阪城里，这种飞翔的蛛丝让人人都觉得惊奇，说不定也会觉得很诧异。

不过，异物从天而降的现象常有，庄司浅水的《一千零一夜奇谈》里提到，1924 年 3 月在澳大利亚的昆士兰州朗芮市，夹杂着大雨落下了长达三到七英寸[2] 的鱼和青蛙，周围的居民为之哗然。

原因很快查明，其实是沼泽和池水被龙卷风和旋风卷到半空中，里面那些鱼啊青蛙啊便和雨一起落了下来，所以也不是什么特别不可思议的事情。

---

[1]　参考朱生豪译本。

[2]　1 英寸相当于 2.54 厘米。

13　放屁男

关于安永年间放屁男的故事，在平贺源内的《放屁论》和木村蒹葭堂的《蒹葭堂杂录》里都有记载。安永三年，从江户的两国桥到大阪的道顿堀一带风行一时。作为天才的艺人，这人博得了大量喝彩。当时拿放屁的声音和三味线、小呗、净琉璃一同演奏，除了放屁之外还能表现出各种声音，一时间名声大噪。

在源内的书里写道："先打出了能句里三番叟'噻咯嗬咯'的节奏，又打出了东天红鸡'波波波'的节奏，然后又模仿了水车的声音，身体也如拉车一般，又仿佛为水势所激，汲水而行，颇有风情。"这种技能简直是大师级的艺术。

更让源内佩服的是，放屁男不但在前朝史无前例，而且除日本以外，大唐或朝鲜，天竺或荷兰，都是闻所未闻。不过世界之大无奇不有，安永年间放屁男后又

一百年，在法国巴黎也出现了一名与日本这位奇人不分
上下的人物，也是位天才放屁男。

1891 年，有个男子找到了当时最有名的音乐厅"红
磨坊"的音乐导演齐德勒，说起他身上有一门绝艺。

导演问他："你那身体的绝艺是什么呢？"

"先生，"男子表情庄重地对他说，"我的肛门有
吸力。你给我一盆水，我这就来展示一下。"

脸盆拿来了，男子脱下裤子，把屁股放到水里。这
时音乐导演的眼前出现了惊人的一幕。脸盆里的水被吸
得一点不剩，吸进去后又排放出来，然后又吸进去，就
这样反反复复。

导演问他："你这确实是绝艺啊，但你打算就这样
在舞台上演出吗？"

男子答道："说得是啊，其实我打算用放屁来演奏
乐曲。和水一样，对空气我也能自由吸入排出……"

话音未落，男子轻屈半身，臀部往后凸出，立刻就
演奏了一曲法国国歌《马赛曲》。初见此景，音乐导演
惊叹得连连鼓掌，直接就签下了演出的合同。

此后男子就一度引发了狂热，著名的香颂歌手伊薇
特·吉尔贝在回忆录里的记载犹如在眼前：在红磨坊狭
窄的座席间挤满了慕名而来的观众，笑得前仰后合，一

个个连眼泪都笑了出来。有的妇人笑得太厉害,甚至都昏了过去。剧场几乎变成了一个大坩埚,哪怕在百米外的地方都能听见剧场里的那种狂笑声和歇斯底里的叫喊。

世纪末的巴黎被称为"黄金时代",放屁男的演出算是其中最荒谬的了吧。这个男人名叫普约尔,当时三十四岁,是一名有四个孩子的父亲。除了用放屁来演奏乐曲之外,他还能够在三十厘米外靠放屁的力量吹灭蜡烛。

医学博士马塞尔·博迪安在一篇论文里从医学角度详细解释了放屁男的生理特异性,不过遗憾的是,没空在这里多解释了,留待以后吧。

14　虚舟之女

　　日本乃是岛国，四面围海，却由南往北分出两道暖流，一道沿太平洋岸，一道沿日本海岸。所以自古以来，总有各种奇物由海的对面漂流而来。虚舟的传说，多半也是由这种地理的因素造成的。

　　虚舟，也叫空舟，或者"䑳舟"，指的是由中空的巨木所制之舟。我们不妨将其想象为某种空心的容器，在巫术信仰的世界里，自大海彼方的常世国渡海而来的不可思议之神所乘的便是这种木舟。《古事记》里面的少彦名神所乘坐的豆荚、民间传说里瓜子少女的诞生、在河的上游漂来的瓜、桃太郎所生的桃子，这些都可以看成是虚舟故事的一种。具体可以参看柳田国男的《虚舟的故事》。

　　日本各地有很多关于虚舟的传说，其中最异想天开的几乎跟科幻小说似的。就拿江户时代的小说《兔园小说》里的故事来说吧，柳田国男直接觉得是胡扯，而我是随笔作家，打算当成实事来看。

　　享和三年（1803年）二月二十二日正午，常陆国（茨城县）的原宿海岸边，随着洋流的方向发现了像小舟一样的东西。人们纷纷涌出船来到岸边去看这新鲜事，见这东西跟盛香的盒子似的，长约三间，顶上有玻璃的罩子，一眼能看到里面，底部是一大块铁板，缝隙里涂了松脂加以固定，总之是很奇妙的东西。简单来说，就像是圆盘飞行器变成了潜水艇的样子。

　　更令人震惊的是，从圆形的玻璃罩子往里看，见里面还关着一个外国女子，正在微微笑着。

　　女子很年轻，桃色的脸颊，眉毛和头发都是红色的，而垂到身后的那头长发却又雪白，就像涂过了白粉一般。小舟的内部还有两个坐垫、一个装了约两升水的瓶子，还有些点心一样的东西，包括熏肉之类。女子的怀里夹着个二尺四方的小盒子，片刻都不离身。语言不通是肯定的，人们都摇头晃脑地想去和她说话，但她只是微微笑着沉默不语。

　　人们也琢磨啊，这女子说不定是个外国的公主，结了婚又在外面偷汉子，结果事情暴露后情夫被杀了，国王不忍心杀亲生女儿啊，于是就把人装在虚舟里面，随海浪漂流。那女子怀里抱着的那个箱子，里面一定是情夫的头颜吧。这事儿是真是假天晓得，反正随人们去瞎猜吧。

话说享和三年这一年，正好来了很多外国船，虎视眈眈停在日本的沿岸。这部随笔的作者就猜这女子或许是俄国人，或许是英国人？美国人？印度人？换到今天，人们或许会怀疑这是不是间谍，但江户时代的人不太在意这些。

遗憾的是，这件事要是传扬出去的话，弄不好又要花很多钱，陷入各种烦琐的程序之中。于是虚舟又一次被推入了海里，随着波涛流去。这女子多半也是在食物吃光以后，活活饿死了吧。

柳田国男断言这件事完全是虚构的，但我总觉得其中有打动我的地方。或许，这样一幅圆形的虚舟的图景，恰恰给人一种超越时代的趣味感吧。

15　和天女接吻

在大田南亩的随笔《半日闲话》里有"天女下凡戏凡夫"的故事，是一个充满幽默气息的怪谈，我对这类故事也并不厌烦。

松平陆奥守忠宗的家人里有个叫番味孙右卫门的人，某日白天在家里睡觉。忽然觉得有天女舞蹈着从天而降，又来吮吸他的嘴，跟接吻一样。他赶紧睁开眼，眺望周围，只见一无所有。孙右卫门心想这倒是奇妙的梦境，不过身为武士还是觉得颇为羞耻，于是也没有对谁说起此事。

不过从此以后，孙右卫门每次说话的时候，口中总有异香，大家都觉得很奇怪。孙右卫门自己也觉得没法解释，周围的同伴里就有人对他说：

"看来你也是知书达理的人啊，嘴里常有香气。就像暖香温玉那样，真的好奇妙！"

　　于是孙右卫门便把自从先前和天女接吻的那个梦境以来，口中就开始飘出异香等事情向他们说了一遍，也觉得有些难为情。不料同伴听了他这番话之后，神情像是他受到了狐魅一样。谁让这个孙右卫门也不是多么标致的美男子，哪儿来的天女会看上这种平凡至极的男人呢？

　　或许是天女的一场恶作剧吧，总之故事里说孙右卫门口中的香气伴随了他一生，到死都不绝。想来不光是我，总会有不少男人想试一试孙右卫门这样的经验吧。

　　这种江户时代的故事充满着日本的本土气质，也没多少宗教气息。让我们把目光转向欧洲去看一下那些和基督或是圣母接吻的传说吧，那可是凝结了强烈的宗教式的恍惚体验。这种恍惚体验，甚至和性高潮都难以区分开来。

　　我有一本朱尔斯·博瓦的《恶魔礼拜和魔术》（1896年），这本书是19世纪末的皮制封面，已经非常破烂了，书里就提到了这样的一个事例，我来引述一下。说起来，这本书在书架上也很久没有取下来了。

　　1816年，在法国乡下有一个名叫玛丽·安茹的十七岁少女，她身上出现过很多奇迹。她的手可以自然运动，并在纸上写下基督和玛利亚的言辞。她还能一面靠着单腿站立，脚趾来回旋转，一面说着预言。而特别让人感到惊奇的是，在她和基督接吻的同时，她嘴里含有糖浆，慢慢地就能吐出大量的糖浆来。

人们感到震惊之余，便拿手指去抹那些糖浆试着尝尝，果然极为甘甜美味。

那时候，当她和基督的亲吻进入非常热烈的阶段，少女的口中也会吐出非常好看的酒心巧克力来。

目击者写道："几乎可以听到他们接吻的声音，玛丽·安茹整个人都恍惚了。"

"每次接一个吻，她嘴里总会出现一个豌豆大小的酒心巧克力，逐渐嘴里都塞满了，她就把各种各样的酒心巧克力都啪啦啪啦地吐出来。"

这不会是单纯的心理或生理上的错觉，因为起码糖浆和酒心巧克力都是实物，科学很难解释。这事情，真是奇怪得很。

16　喜爱鬼魂的英国人

英国人自古以来就是特别喜欢鬼魂的民族。譬如说1894年7月出版的一本有五百多页的报告手册里就记载了不同阶层的一万七千二百个男男女女兴致高昂地回答了下面这个问题：

"你遭遇过鬼魂吗？有过的话，是亲眼所见、亲耳所听，还是以别的什么方式和鬼魂遭遇的呢？"

有二千二百七十二人回答说遇见过鬼魂，调查委员会认为其中只有一千六百五十二人的证言是可信的。在这些人的回答里，说亲眼所见的有一千一百二十人，亲耳听见的有三百八十八人，而说被鬼魂掐过、摸过或者拉过头发的只有一百四十四人。总体来说，视觉体验占据了压倒性的多数。

具体来说，出现在晚间人睡在床上之时的鬼魂有四百二十三例，而白天人起床以后出现在家里的有四百三十八例，出现在户外的有二百〇一例。

　　这是 19 世纪末的事，不过到了如今 20 世纪，这种调查基本上也不那么流行了。譬如说在 1951 年就有一个叫作"交灵现象科学研究协会"的团体发表了一些统计学者的研究，有位学者花了整整三年的时间密切调查了英国从古到今的鬼魂现象，也是够费心的。

　　在英国，每个历史上有名的人总要变成鬼魂出现，而且出现的地方也约略相近。如亨利八世的第二个妻子，因为不忠而被处决的安妮·博林，她的鬼魂肯定会出现在赫弗城堡、布利克林庄园和伦敦塔。要见到她很简单，若看到一个无头之鬼飘荡在那里，便是了。

　　1628 年被暗杀的美男子白金汉公爵的鬼魂总会出现在温莎城堡里，而死于 1603 年的女王伊丽莎白一世的鬼魂则常常在城堡的图书室里出现，汉密尔顿夫人的鬼魂则会出现在一栋坐落于剑桥广场 2 号的建筑里。

　　在英国银行的地下室里至今还长眠着一个死于 18 世纪的现金出纳员，其魂灵不分日夜地守护着银行。他拥有庞大的身躯，害怕死后遗体遭到解剖，便特别请求要埋葬在银行的地下室里。这样也让银行的劫匪们望而却步。

　　对英国人来说，鬼魂的出现总是家常便饭，任谁都不会觉得大惊小怪。1964年，通灵学者勒蒂发明出了"能看见鬼魂的眼镜"，还在当时的杂志周刊上登载了广告。

　　根据勒蒂的自我吹嘘，戴了这副眼镜，"不光能看到一般活人的灵体，当施展遥灵术的时候，还能见到心灵的本质，更能观察到在鬼屋里出没的鬼魂"。

　　这是一副怎样的眼镜呢？实际上是在两层塑料镜片中间加满了特殊的蓝色液体，"你只要花钱，就能收到一瓶事先准备好的液体和一套镜片"，怎么看都让人觉得很蠢，一望便知是骗人的把戏。

　　不过这种拿鬼魂来做骗人生意的事情看来也只是英国的国情所致的，想来在其他国家不太会有。这些鬼魂的秘事到底是些什么呢？

17　古物妖异

在岛津久基氏的《罗生门之鬼》一书里写过一种叫作独脚鬼（도깨비，音：dokkaebi）的朝鲜鬼怪，据说是家中的器具古旧以后所变化的妖异。不管是什么东西变的，但这种独脚鬼总是纵火惯犯。那些不明原因的火灾，通常就是这种鬼怪干的，实在是麻烦极了。

说起来，这种古物妖异的传说在日本也有，叫作付丧神。就像是动物在山川沼泽里待久了，多年后也会成精，变成了当地的精怪。

所以每年到了年末，家家户户都要做"被煤"的仪式，把旧东西丢在道路上。"被煤"这种大扫除不光是为了搞卫生，也是为了躲避古物妖异的灾难。

在室町时代有一则伽草子叫作《付丧神记》，说的就是这些被扔掉的古物们就像遭到解雇的员工一样聚集到某处开始聊天，决定要变成妖怪向那些忘恩负义的人类复仇的故事。那些铠甲头盔、太鼓竹笛、镜子火盆都纷纷长出了手脚，深夜时分跑到大街上去排着队走阵步，也就是所谓的"百鬼夜行"。

接下来介绍的，是同样也来自室町时代的《化物草纸》中的一则关于古物妖异的故事。

在九条附近的小破屋里独居着一个女人。有一次，这女人带了点栗子回家，一个人剥着吃。这时从面前的火盆里伸出一只白净的手，意思说也要拿点栗子。

虽然很恐怖，但这只手太可爱了，所以也没觉得多害怕，于是女人便试着拿了一个栗子给它，那只手接了栗子就回去了。可是刚刚收回去，手又伸了出来，意思是还要一个。再给它一个，手又继续伸出来。就这样反复四五回，总算是消停了。

到了第二天，那女人越想越不对劲，就仔细去检查围炉下方，只见有一个小小的白色勺子落在那里。栗子呢，就那样散了一地。敢情昨晚的那只手就是这个旧勺子所变的，是勺子的付丧神。

这个故事很幽默，像童话一样，所以我特别喜欢。那么惹人喜爱的小妖怪，还真想能碰上一回呢。

小泉八云写过《噜噜的小袴》的故事，虽说也不知道出典是哪里，不过在我看来也是付丧神故事的一种。

有一个美丽但没法生育的女子，和一个年长的武士结婚了。丈夫从军的时候，某夜就出了奇怪的事情。女子被细小的声音吵醒，睁眼却见到枕边有数百个一寸高的小人在跳舞。每个小人都穿着武士一样的衣服，腰上也绑着裙裤，一起看着女子笑。

他们所唱的歌是："小袴噜噜，夜如沧浪般深沉。宁静的美人，来听我咚咚鼓声。"歌声微妙，反复唱了好多遍。就这样每晚现身，从凌晨两点一直闹到天亮，搞得这女子都犯了神经衰弱。

后来这女子的丈夫回家，悉知女子的病情后，就躲进房间的壁橱里窥探。那群小人刚一出现，丈夫赶紧挥刀斩去。那群小人一下子就消失了，只剩下榻榻米上散落的一堆老杨树枝。

18 变成鸟的产妇

恐怕是因为在医学不太发达的年代里，因难产而死的女人太多的缘故吧，否则也不会有姑获鸟这种血淋淋的幽灵传说。"姑获鸟"是"产女"的训读读音，文字上可以写成"姑获鸟"。这是一种女子的幽灵，也被看作在雨夜里发出不祥啼声的鸟。难产而死的女子及其怨念一起化而成鸟。

在希腊神话里，也有叫作哈耳庇厄的鸟妖，和姑获鸟那样的幽灵有所不同。相比之下，那个叫作拉弥亚的女人，倒更加接近姑获鸟的传说。

有一种说法是，拉弥亚是弗里吉亚的女王，美丽到连宙斯都爱上了她。只因她失去了自己的小孩，便对天下所有母亲产生了嫉妒，不断把小孩抓来吃掉，所作所为到了令人发指的地步。不过有意思的是，拉弥亚也和姑获鸟一样，经常变化成鸟的样子。

《今昔物语》卷二十七里有一个故事,讲源赖光的四天王之一卜部季武曾在美浓国的渡口碰到过这种姑获鸟。

美浓国有一条河,传说有姑获鸟出没。姑获鸟会抱着小孩对渡河的客人说:"麻烦抱一下这个孩子。"大家都很害怕,纷纷说这条河没法过。卜部季武说:"我可不怕,去就去了。"便骑马到了河岸。他的同伴都远远跟在后面。

正是九月暗夜天,季武下马,踽踽渡河。刚到对岸,便将一根箭直插在岸边。这是和同伴约好的记号,便打算再度折返回来。正在这时,河中央传来了女子的声音。

《今昔物语》的原文是这样写的:"至河中程,有女音现季武前,'抱也,抱也'。又有儿啼,嘤嘤大哭。其间腥臭,自河中遍及此处。"

藏身在河岸边的三个同伴早已不寒而栗,心如死灰。边上更伴有嘤嘤的婴儿啼哭声。

季武大胆,说道:"好,我替你抱。"女子大喜,便把小孩交给他。然而,季武刚将小孩抱在怀里,那女子就大喊道"还给我",竟追了上去。季武充耳不闻,大步哗哗渡河而走,直接到了对岸。

就这样回到官邸,展开怀抱时,看那婴儿早已不见踪影,只有少许枯枝败叶尚存。故事到这里也就终止了。

《今昔物语》的作者表示，姑获鸟这种东西，一说是狐化人而为。的确在《今昔物语》里有太多关于狐的故事。不过在我看来，狐和姑获鸟还是有严谨的区分的。

《百物语评判》里说："难产而死的女子，其执念化为此物。其形状，腰以下遍是血染，其声厉厉。"

"厉厉""嘤嘤"都是古代的拟声词，我听来很恐怖，你觉得呢？

19 遥控钵

但凡是看过《信贵山缘起绘卷》的人，一定知道其中《山崎长者卷》或称为《飞仓卷》的奇异故事。故事说在信贵山修行的僧人依靠法术使钵飞行起来，让山崎长者一家看得目瞪口呆。那一个个抬头看天空的人的惊奇面貌，在画卷里实在是描绘得栩栩如生。

钵就是佛门出家人的食器，即化缘时所持的器皿。法力高强的僧人能够自由自在地操纵钵在空中飞行，这像是远程遥控的鼻祖。

和《信贵山缘起绘卷》里的《山崎长者卷》几乎完全一样的故事，同样出现在《古本说话集》和《宇治拾遗物语》里。我就逐一讲述这些故事的梗概。

信浓国有个叫作命莲的僧人，在信贵山里建造了一座小小的佛堂，并住在其中。他常常让钵飞到山村，从富豪处获取施舍。有一次，钵飞到了富豪家的仓库里，富豪自语道："贪得无厌的钵啊，真是气人。"遂任凭钵原样留在仓库角落里，竟关上了库门。

这时候，仓库轰隆隆晃起来，转眼间就离开地面一尺多高，紧接着越浮越高，和钵一起慢慢朝着信贵山飞去。仓库一直飞到命莲的眼前，才轰然落地。

富豪一家人都在后面追赶，一直追到命莲面前，说道："哎呀，发生了令人震惊的事。我们实在是忙得忘记布施了，这不刚关上仓库大门，仓库就飞了过来，拜托把仓库还给我们吧！"

命莲答说："这真是怪事，这仓库莫名其妙就来了这里，我也没法还给你。不过你们把里面的东西都给搬回去吧。"

富豪也很难堪："话虽这样说，但里面有千石的米，怎么搬才行呢？"

"好吧，我来帮你便是了。"命莲这样说着，便在钵中盛了一抔米，让钵飞了起来。只见其他的米像大雁的列阵一样跟在后面排着队，也连续不断地飞回了富豪的家里。

这种飞钵的奇事不光在信贵山的命莲那里有，《元亨释书》里的泰澄，《古事谈》里的净藏，《续本朝往生传》里的寂照，他们都能够让钵飞起来。此外，还有很多类似的故事。

在记录元世祖宫廷的《马可波罗行纪》里，也有不少趣闻，我且来说一说。

"大汗的宫殿内有桌，其桌高有八库比特（约四米），有酒杯置于宫殿中央，距桌约十帕斯（九米）之远。有术士念咒，便有倒满酒的酒杯独自离开桌面飘浮起来，不经人手独自来到大汗面前。待大汗饮罢，杯又再次飞回原有的场所。"

实际上，这和飞行的钵一样，都是惊人的遥控之范例。在南方熊楠看来，这应该是某种特别精巧的机器装置。

说起来，15世纪的德国机械学家雷吉奥·蒙泰努曾经做过在空中飞的铁苍蝇，这种虫子能带着嗡嗡的声音四处飞行，最后再回到他的手里。但是忽必烈的年代是13世纪，我们日本僧侣的年代要更早。再说了，要靠着精巧的机械来移动仓库，怎么想也是不太可能的事情吧。

20 御狐之术

　　幸田露伴有一部作品叫作《魔法修行者》，讲了日本魔法的历史，还包括热衷于修习饭纲之术的战国名将细川政元的轶事。可以算是在这方面最重要的文献之一。

　　在我看来，日本的魔法里混杂了中国传来的密教、道教、阴阳道，再加上神道、修验道，整个系统是很难清晰区分的。就拿饭纲的法术来说，其中就有御狐之术，虽然出自稻荷信仰，但稻荷信仰又通过荼吉尼天而混合了真言密教，况且把狐当作一种神秘动物的思想，在古代的阴阳道里就有过。

　　荼吉尼天是密教的夜叉神，本来就是印度密教信仰里的异端。依靠其自在之力，足以在六个月前就预知人的死期，然后前去吞噬人的心脏。所以要修习荼吉尼法（依我看就是饭纲之术的别名）的人有个约定，死后就必须要向该神明奉上自己的心脏。但它为什么会和稻荷

信仰牵扯在一起呢？或许是因为有该神明的本体就是狐成精的说法吧。

死后向魔神奉上心脏这种情况很像欧洲中世纪的恶魔礼拜仪式。众所周知，浮士德博士和梅菲斯特结缔契约，死后将魂灵归其所有，使得在人生中能够满足所有的欲望。

但是御狐之术在欧洲基本上闻所未闻。对于西方国家来说，狐从来就不是什么神秘的动物，相比之下，像山羊之类有角的动物和恶魔更有联系。把狐作为灵兽的思想多半是从中国来的，在大江匡房的《狐媚记》里描写过这样的事例，可能是本国的狐崇拜之演绎。

这种御狐之术——也就是行使荼吉尼法的事情，在本国历史上有很多记载。其中最有名的乃是在《古今著闻集》里所记之故事，我来介绍一下。

关白藤原忠实有一个心愿，便命令僧人大权房行使荼吉尼法。僧人知道，"七天里若没有效果的话，到时被流放也不意外"。可是七天过去了，一切都没有变化，僧人就表示先去"看一看道场里有什么"。

派人往道场里偷偷一瞧，只见一只狐狸大摇大摆地在那里吃供物。到了七天满愿之日，忠实在白天打了个盹，就见到了一位美艳的女子，咻的一声就到了枕边，她的头发比十二层的衣服下摆还要长出三尺。

太美了，忠实不由自主地用手去抚摸那头发，那女子转过身来说："请莫行无礼之举。"那声音清澈得像天上人。忠实的手更用力了，嘣的一声，把头发扯了一截下来。转念间，他忽然睁开眼睛，原来只是一场梦。

忠实手中还握着的并不是女人的头发，而是狐尾。不久，朝廷传来音讯，忠实的愿望终究还是达成了。

顺带一提，这种东西对于一般的魔法来说，称为"外法"，也就是佛法之外的法术。行外法的人就叫作"天狗"。也有人把荼吉尼天看作是骑在狐狸身上的天狗。这样一来更加混乱了，我也搞不清楚。外法之头，有时也表示像福禄寿那样长长的头。

21　悬　浮

镰仓时代的名僧里有一位明惠上人，跟凡·高一样把自己耳朵切了下来供佛，又向海上浮岛写情书，行为举止特别纯情无邪，是我最喜爱的人物。

关于明惠上人的逸话有很多，在《春日权现验记》里有则故事，跟欧洲圣者传说里常见的那种悬浮奇迹一样，尤其意味深长。而且行此奇迹的还不是上人，却是传说被春日大明神附体的一个不可思议的女人。

那时候明惠上人正在纪州的白上一带，计划渡海去往大宋。某日，住在附近的一个女人行了奇事。她忽然飞到了挂在屏风上沿的帘子上，口中说道："我乃春日大明神也。若不嫌冒昧，我特来劝您停止欲赴唐国一事。"上人大吃一惊，遂答道："遵命，我就此取消渡海计划。"话音未落，女人就从帘子上落了下来。

这个女人正怀有身孕，而且每日里一边禁食，一边沐浴读经礼佛，怎么会像鸟一样在天花板那么高的地方飞上飞下呢？

　　这也是在欧洲的基督教圣者里常常见到的现象。帕索里尼的电影《定理》里也有这样一个女人，通灵时就什么都不吃，最终悬浮在空中，这些镜头一定令读者记忆犹新。不过要说这是电影不太靠谱的话，那么在历史上行过空中悬浮奇迹的圣者，也留下了数不胜数的记载。

　　最近的例子是这样的，虽说不是圣者，但在19世纪的英国也很有名，那就是丹尼尔·霍姆。

　　据那些见过霍姆的实验的人说，他的头部先探出打开的窗，身体保持水平状态，慢慢飘了出去。随后又在窗外的半空中，大约高出地面85英尺的位置，就悬浮在那里。英国科学院有像威廉·科克斯这样的学者还曾经很精密地做过科学研究，后来只发现这是像魔术一样的把戏。不光是科克斯，欧洲的名人中有很多都目睹过霍姆的这个奇迹。

　　和空中悬浮略有区别的，是日本和中国的故事里常常有仙人御风而行。众所周知的像久米仙人这种，飞在空中时见到女人洁白的腿，便从半空中直接坠落，都算这类主人公特别丢人的事情。但是仙人御风飞行基本上不太可能是真的。

　　说到这，想来我最初所引用的那个女人浮在空中而打消了明惠上人渡海计划的事例，多半也不太会是真的。

　　根据南方熊楠的意见，这个女人平时太喜欢美貌的明惠上人了，再加上怀有身孕，情绪不太稳定，激发起了强烈的爱意。当她知道上人的渡海计划之后，心里一个劲儿地想着怎样去中止这件事，于是搞得精神都不太正常了。宗教家也好，神秘学家也好，总在这种奇迹面前不考虑常识，这种事情太多了。

　　的确，说起来确实如此。也有心理学家表示宗教神秘体验的基础里能找到很多意外性的要素。明惠上人大抵也是被这个女人给骗了。谁让他生来就那么美貌呢，难怪女人也惶恐不安。

22　虎鸫又名鸫

差不多一个月前，在《每日新闻》里有这样一则报道，或许还有人记得。说丹泽附近有一个中川温泉，每到晚上，从山谷深处总会发出"叮——"这样的金属怪声。"敢情是 UFO 吧！"在各种爱好者那里传出了很多谣言。最后警察调查出来的结果，这怪声音是来自一种叫作虎鸫的鸟，结果让人很扫兴。

这个新闻让我浮想联翩。我过去在北镰仓的圆觉寺里住过一段时间，也就是从数年前开始，每年到了这个季节总会听到虎鸫的叫声。快天亮时，就会有"咻嘿——"的声音。一开始我还以为半夜里有谁在荡秋千，又像是盲笛声。实在是令人毛骨悚然的凄凉之声。

我在寂静无人的夜里写作，也许会特别注意到，所以我想强调不光是丹泽深山里有虎鸫，其实在镰仓的山里也有。

　　虎鸫体长三十厘米左右，是分布在日本的野鸟。身体呈黄褐色，羽毛末端有三个日月形状的黑斑，整体看来就像是虎皮的斑纹，所以叫作虎鸫。繁殖期是四月到五月。每次叫起来发出"咻——"声的是雄性，"嘿——"声的是雌性。雌雄二鸟要交配的时候，就会发出"咻嘿——"的声音。

　　不过，虎鸫还有个别名，叫作鵺，在昔日可是特别令人忌讳的凶鸟。《古事记》《万叶集》里都有这个名字。宇治左大臣赖长有名的日记《台记》里也有记载说阴阳师泰亲总是靠鵺的啼叫来占卜。鵺的叫声很吵，被吵到的不光是现代人。

　　最有名的逸事还得数《平家物语》里源三位赖政降伏鵺的事情。故事说每夜到了丑时（凌晨两点），皇居的上方总会黑云密布，像有什么可怕的东西一样，搞得

近卫天皇苦不堪言，赖政取箭将其射了下来。

射下来一看，这个怪兽头似猿猴，身体如狸，尾巴像蛇，手脚跟老虎一样，叫声则像鵺。样子特别复杂，总体来说就像是把各种动物的一部分拼在一起。

江户时代的儒者朝川善庵表示，赖政所降伏的这个怪兽虽然一般都称其为鵺，严格来说也并不是鵺。

江户的随笔作家考证了很多自古以来只闻其名未见真身的各种动植物。善庵对鵺的研究充满旁征博引，我觉得特别有意思。

实际上，既然《平家物语》已经写了"其鸣声如鵺"，则如《善庵随笔》的作者所言，实际上也并不认为这个怪兽就是鵺。光是鸣叫声音像鵺而已，至于这个怪兽究竟叫什么名字，就不知道了。

于是善庵就提出了一个猜想，说这个怪兽说不定就是鼯鼠。《长门平家物语》和《源平盛衰记》里也说有这种怪兽跳进人的衣袖而被抓住的事情，说是"年龄越老，毛皮就会变朱红"。不过善庵认为"毛朱"其实是"毛未"的笔误，而"毛未"正是鼯鼠的古代读音。

究竟真相如何呢？虽说这些问题困扰了自古以来的诸多学者，但这种别名叫作鵺的虎鸫之鸟真的是一种吵闹得很的鸟啊。

23 幻术师果心居士

在谷崎润一郎的长篇小说《乱菊物语》里讲到室町时代街头卖艺的人，在众目睽睽之下表演幻术，从马尻中进入马腹，又从马口中出现。这就是古代所谓的"马腹术"，是魔术里最有名的压轴戏之一。起源于中国，也有说是来自遥远的西域（中亚）一带。

所谓幻术，用现在的话来说就是魔术或杂耍。随时代不同，叫法也不一样。奈良时代叫作杂伎、散乐，后来又叫炫术、外术。在东西方交往极盛的年代，它从波斯经大唐而来到日本。不消说，室町时代的幻术师肯定也是随这种潮流而来的。

在这些幻术师里面，相传最有名的就是那位将织田信长、明智光秀、松永弹正这些战国名将玩弄于股掌之中的怪人——果心居士。

一种说法认为果心居士出身于筑紫国，一心求进最

终定居于奈良，乃是归化的中国人。芥川龙之介在《烟草和恶魔》里说他是和圣方济各·沙勿略一起到日本来的恶魔，当然，这也只是小说家的空谈，没有什么根据。

　　详细记载果心居士令人吃惊幻术的，是江户时代的《义残后觉》《玉帚木》《醍醐随笔》等书籍。其中之一就是他用幻术玩弄大枭雄松永弹正的逸事，且借古河三树氏的《杂耍的历史》来讲一下这个故事的梗概吧。

　　那时候，松永弹正还在大和的多门城，常常约果心居士前来聊天。有一夜，他开玩笑道："我曾多次在战场上与敌人白刃相见，从未有一点害怕。您能否使用幻术让我感到害怕？"

　　居士回答说："那你且让那些兵器和侍卫们离开，然后把灯火都灭了。"

　　于是，弹正便和居士二人一起在月光下列席对坐。

　　过了一会儿，居士站起身来，离开厢房走到院子里，只见那原本皎洁的月色忽然昏暗下来，刮起一阵怪风，很快就下起雨来。弹正感到有些不安。随意瞟了眼厢房，却瞥见朦胧中有人影站在那里。似乎是个高高瘦瘦的长发女子，正慢慢地走向前来，忽然一下子坐到了弹正的面前，吓了他一跳。

　　"什么人！"弹正大喝道。

　　那女子轻叹一声，声音凄苦道："今夜你寂寞吗？
走近一看，竟连贴身侍卫都不在。"

　　这声音，不正是五年前病逝的爱妻吗？弹正到了这
一刻，再也忍无可忍，大叫道："果心居士何在？可以
消停了！"

　　这名女子忽然发出了男子的声音，说道："我在
这里。"

　　一切如常，只有果心居士。窗外也没有雨，依旧月
色朗朗。

　　按照现代的解释来说，这是一种巧妙的催眠之术，
松永弹正接受了果心居士的暗示，才会在不知不觉间产
生了幻觉。类似这种绝世的幻术师制造出惊人幻术的故
事数不胜数，这里是写不过来的。

　　后来，幻术被看作吉利支丹·伴天连 ① 的魔法一样
的东西，到了桃山时代就被禁止了。不管怎么说，果心
居士若不是和拉斯普金一样有强大的暗示能力，幻象也
不会那么真实吧！

---

① 　吉利支丹（キリシタン）源于葡萄牙语"cristão"，是日本战国时
　　代、江户时代乃至明治初期对国内基督徒的称呼。伴天连是葡萄牙语
　　"Padre"的日语汉字翻译，意为神父或传教士。

24　天狗和妖灵星

孩提时代，我曾去镰仓的建长寺后山的半僧坊权现那里游玩，在石阶两侧的岩石上到处都立着铁做的乌鸦天狗像，我记得那会儿有一种非常奇妙的感觉，就像是恍惚间到了魔界一样。这些乌鸦天狗像恐怕是在战争时期供奉部队的，在战后重新审视，已经看不见当年旧痕。

次年，我读了一段《太平记》里的《相模入道田乐弄》，却意外想起了半僧坊的乌鸦天狗。或许是因为《太平记》里的这篇也有乌鸦天狗，而且和镰仓也颇有因缘。

北条高时不顾天下已然大乱，执意要把田乐的宗师从京城叫到镰仓来，每日里都身着华服，沉醉于田乐之舞中难以自拔。据史家看来，这也是北条氏灭亡的因素之一。某夜，高时喝得酩酊大醉，独自在座席上跳舞，忽然不知从何处来了十几个田乐法师，和他一同跳了起

来。不光跳舞，还唱着奇怪的歌呢："天王寺，妖灵星来了……"

田乐法师们一面唱着这种气氛诡异的歌，一面还笃笃笃打着拍子。外面的侍女们听这歌声有趣，便透过唐纸隔扇的缝隙向内窥视，见到全都是装扮成隐修僧侣的乌鸦天狗。而高时已经醉得不像样子了，什么都没察觉到，那些在边上捉弄他的人还是在愉快地跳着舞。

侍女们大吃一惊，赶紧跑去告诉那些城里的僧侣，僧侣提着刀就赶过来了。一听到脚步声，那些怪物转眼间消失得一干二净。借着光看那些座席，还留有一些禽兽的足迹。高时呢，早就醉得不省人事了。

天狗们所唱的"妖灵星"，在内行人看来，就是一种不祥的星，出现时就标志着天下大乱。也就是说它是来预告北条氏即将灭亡的祸星。天狗们或许早就知道北条家的衰运了，所以才把高时捉弄得那么狼狈不堪。

与此同时，还有一件事情和天狗以及星宿关系密切，我们读者也不可不知。

关于天狗，有《天狗考》《天狗研究》等书。天狗研究领域的权威是知切光岁氏，不如读一下他的书。

天狗在史书中最初的登场是在《日本书纪》里。舒明天皇九年，京城的天空里出现了巨大的彗星，同时伴有雷声隆隆，由东飞向西。这毫无疑问乃是不祥之兆，顿时人心惶惶。此时，从中国归国的留学僧人僧旻说："不是流星，此乃天狗，唯其吠声如雷。"此处天狗读为"天月常"。

在古代中国，天狗也被视为给地上带来灾祸的流星或者彗星。或许是彗星的星尾扫过的样子很像狐狸尾巴的缘故吧。

恰巧在欧洲基督教中的大恶魔撒旦在《圣经》里也被说成是"从天而降的黎明之子，闪耀的明星"。

不管从何说，起码这个从中国移植进来的叫作天狗的妖怪，一开始只是单纯的星辰，而后渐渐蜕变，演化为日本独有的天狗，说起来也是颇有兴味之事。

25　恶魔和修道士

马丁·路德在瓦尔特堡翻译《圣经》时，恶魔不断
前来骚扰他，路德举起桌上的墨水瓶扔向恶魔，这个故
事很有名。直到如今，城里那个房间墙上的墨水印记还
鲜明地留在那里。

路德作为宗教改革家烧毁了赎罪券，他似乎坚定地
相信着恶魔的存在。在他浩如烟海的著作里面也常常提
到碰到恶魔的事情，在他的房间里也常常有恶魔在徘徊，
只不过究竟是什么样子，他语焉不详，我们也不得而知。

真正非常精密细致的对于恶魔的实见记录，来自于
10 世纪和 11 世纪之间法国勃艮第的修道院。修道僧侣
拉乌·格拉贝尔常常在修道院之间穿行，他所写的文章
常常被思想史和美术史引用。这是个生性好辩的人，常
常被修道院赶出去。但是他文化修养相当好，能写一手
漂亮的拉丁文，也给我们留下了关于那个年代相当珍贵

的记载。

那时候，格拉贝尔还在勃艮第地区的圣莱热修道院。有一夜，他要值早班，本该早起，但还是赖在被窝里。这时他就看见床脚下立着一个小小的恶魔，让人不寒而栗。以下是格拉贝尔的记载：

"我确认下来，这东西头颅很长，脸颊瘦削，两眼漆黑，额头上布满皱褶，鼻子扁平，嘴向外突出，嘴唇肿起来，有着尖锐的上颚，下面是山羊胡子。耳朵上的毛直立起来，头发也直立着，牙如犬齿，胸部隆起来，背上全是瘤子，屁股下面还不断颤动，穿了少许衣物。"

如你所见，这番描述可见其观察得太仔细了。在如此恐怖的情况下还能有这样的观察，实在很了不起。

　　恶魔身体全然前屈，朝着格拉贝尔睡的床那一头，正全力摇动着床，嘴里还说着："你这家伙，总是这样无忧无虑地睡觉吗？"

　　格拉贝尔早就吓得肝胆欲裂，直接从床上跳起来。随后就一路跑到教堂，心怦怦跳着跪倒在祭坛前，虔心祷告。因为连开工的钟声都响了，但他还在暖暖的被窝里不肯起床，所以恶魔那句话一语中的。

　　这个僧侣格拉贝尔似乎深受恶魔的这种强迫观念的困扰，分别换了三家修道院，三次都见到了恶魔。不过也不光是格拉贝尔，那年头的修道僧侣们好像都在被恶魔的幻象所折磨。

　　说到这里，那个时代恰巧是西历一千年左右。换句话说，在约翰的《启示录》里，西历一千年正是魔鬼撒旦从锁链里挣脱出来，实行最后审判的年头。也就是说，任谁都深深感到了这一年世界末日将临。

　　看着平安贵族在地狱变屏风里的佛名会，也确实能体会到那种地狱的恐怖感。清少纳言说，因为太恐怖了，看都不敢看，所以把屏风藏在小房间里面才敢睡觉。日本也好，欧洲也好，总会有那样的时代。

26　反复惊吓

泉镜花在戏曲《天守物语》里，以宽保年间《老媪茶话》中奥州的妖怪故事为原型，再加上作者的发挥，写下了香艳的作品。化作城主的美女幽灵、朱盘或是长舌姥……各种妖怪陆续登场。这些妖怪都有传说的原型。在此，就来说说朱盘的故事。

奥州会津有诹访宫，其中有名叫朱盘的恐怖妖怪。某日黄昏，有个二十五六岁的年轻武士路过此宫，正感到毛骨悚然，这时身后来了一位年龄相仿的年轻武士。先前的那位想着，正好能结伴同行，便同其边走边谈，沿路走去。想到对这里的传言早有耳闻，便问道："此处有叫作朱盘的妖怪，颇为有名，你知道吗？"

对面答道："这个妖怪，是这样的吧……"

话音未落，那张脸忽然就发生了变化，眼睛大如盘，额头上长出一根角来，颜色血红，头发根根直立如针，那张嘴一直咧到耳根，咬牙之声如雷般巨响。

　　猛然间看到身边的男子变成这等恐怖的模样，年轻的武士顿时吓得闭过气去。过了半个时辰悠悠醒来，见自己还是在诹访宫前。他赶紧走进路边的人家去讨口水喝，里面的妇人问道："你要水做什么？"

　　武士赶紧把遇见朱盘之事对她说了，妇人听了这话，问道：

　　"是这样啊，我也见过一次那个恐怖的样子，你说的朱盘，是长这样吧……"

　　年轻武士抬头一看，妇女的脸又变成了朱盘的样子。这样反复惊吓后，武士再一次昏了过去。后来，再一次慢慢复苏后，过了百日也死掉了。这就是《老媪茶话》里朱盘的故事。

　　读到这里，谁都会想起小泉八云《怪谈》里著名的"貉"的故事。

　　说的是有人在纪国的边境上走夜路，碰上了一个没有脸的女人，吓得魂不附体，失魂落魄地逃到边上卖荞麦面的小店里面，跟店老板说起这件恐怖至极的事情。店老板把脸一抹说："是这样子吧！"顿时也变成了没有脸的样子。这个反复惊吓的故事，其结构和朱盘的故事如出一辙。或许是同一系列的故事吧，让人忍不住想

去探求真相。

　　暂且不说欧洲，就拿中国来说吧。譬如古代的《搜神记》里就有很多这类怪异传说的原型，很多研究者都指出过这一点。

　　魏黄初年间，在顿丘（在今河南省）郊外，有男子骑马夜行，见路中央有奇怪之物。其大如兔，两眼如镜般闪闪发光，在马前又蹦又跳。那男子在惊吓中落下马来，直接昏了过去。

　　过了一会儿总算是缓过来了，又上马缓缓前行。抬头见迎面来了个男子，便高兴地相约同道而行。行路间，该男子问道："究竟是什么东西把你吓成这副样子？"

　　"太可怕了，这东西身体跟兔子似的，两眼像镜子一样闪闪发光。"他答道。

　　"那你看看我呢？"对方说。

　　男子转眼看去，只见在身边的正是此前那个妖怪，又吓得昏过去了。

　　其实我觉得，真的跟兔子一样的妖怪，也不至于多可怕吧。但是这件事跟朱盘一样，谁都不知道实体，于是就越发显得有意思了。

27　迷信家和邪眼

　　19 世纪的法国作家泰奥菲尔·戈蒂耶是个非常迷信的人。根据他的女儿，同为作家的朱迪特·戈蒂耶说，哪怕在桌上打翻了一罐盐，他都会看作是不祥的先兆，甚至为此而病倒。在这些事情里，让他尤为恐惧的是所谓邪眼。

　　邪眼的意思，就是某些人物所拥有的恐怖之眼。相传被此眼看上一眼，人就会遭遇灾祸，或者身染疾病。几乎所有国家都有人相信这个说法，英语里是 Evil Eye，法语里则是 Mauvais Oeil，意大利语里叫作 Mal Occhio，德语称为 Böser Blick。日本在过去也有类似的信仰，可惜的是没有把名字传下来。邪眼其实是佛教用语，由此看来，印度也有这种关于邪眼的信仰。戈蒂耶极其害怕邪眼，为了辟邪，在自家的玄关处，挂着在斗牛中被杀的西班牙公牛的牛角。嘛，或许是一种咒文一样的东西吧。

戈蒂耶还深深相信《天堂和地狱》的作曲家奥芬巴
赫就有一副邪眼，所以他特别注意，不和这个音乐家碰
面，甚至避免在他所负责的报纸评论版中写下这个音乐
家的名字。迷信到这个地步，也可以说是很奇特了。

戈蒂耶写过一部叫作《杰塔图拉》（*Jettatura*）的
怪奇小说，在意大利语里是"制造厄运"，也就是邪眼
的意思。说是有个年轻人长了一对邪眼，当他眺视心上
人的时候，就会把对方给弄死。小说的情节相当超现实。

作为《一千零一夜》最有名的翻译家，巴顿等人认
为这种邪眼信仰来自古埃及，然后慢慢扩展到中东近东一
带。在阿拉伯人里面，也有生了独子的父母，出于对邪
眼的担心，就把这孩子放在地下室里养大，一直到他长
出胡须才放出来。相比之下男性受邪眼之害比女性更多，
而孩子也比成人更多，所以常有让男孩子穿上女孩子的衣
服。也有的时候会存心让他们穿得很肮脏，免得太显眼。

自古以来有很多防止邪眼的手段，戈蒂耶搞的那
套是利用兽角或是陨石来当成护身符，此外还有所谓
"Mano Fica"的方式。在意大利语里"Mano"就是手
的意思，"Fica"则表示无花果。其实意思就是说把大

拇指夹在食指和中指之间，也就是日本古代所谓"女握"的手势（代表性行为）。你只要做出"Mano Fica"的手势，就能够避开邪眼的损害，这也许是靠着生殖器之力来驱赶魔力的方式吧。

不光是在日本，这种生殖器崇拜的残余在整个世界的世俗信仰之间，至今也是很普遍的，确实令人深感兴趣。

要说为什么这种邪眼信仰会那么广泛呢？不用多解释啊，被人用眼睛盯着看的那种感觉，对我而言，这是最令我毛骨悚然的原因。且不说邪眼，就在《今昔物语》里也有，故事里说只要被蛇或者牛这类动物的眼睛盯着看，王国女子就会变得难以动弹。有的人或许还知道在希腊神话里有戈耳工和蛇妖等眼睛特别恐怖的妖魔。

我们常说起 Glamour 女优，其中 Glamour 这个词，本来就有如邪眼般的魔法射向他人的意思。

28　仙女之境

　　江户后期的国学家平田笃胤对包括天狗等妖异、仙人或是神隐，以及死后之世界等都有浓厚兴趣，可以说是当时玄幻学的大权威。

　　有个叫作胜五郎的男子，六岁的时候死了，过了六年又重生，笃胤便请他来家中，仔细询问其转生之事。也有个叫寅吉的少年，当上了天狗的弟子，便屡屡出入幽冥世界，笃胤也记录下了其体验之谈。对笃胤来说，幽冥世界的存在是不容置疑的。

　　这里所要介绍的《雾岛山幽乡真语》是一部真实记录个人体验的书，虽说不是笃胤所作，却也是依着笃胤之意，由萨摩藩的一个名唤八田知纪的人在天保二年所记。得到这些记录之后，笃胤惊喜到三番两次拍案叫绝。

　　谈体验的是萨摩国日置郡作田村的一个名叫善五郎

的淳朴男子。善五郎从十五岁起就受雇于雾岛的明攀山，有一个夏夜，接近天明之际，他正在独自睡觉，忽听外边传来声音在呼唤他的名字。

出门一看，外面站着个五十岁左右的男子，对他说："我是山神的使者。特来相迎，请跟我来。"其外已经亮如白昼，还没等走过一町之路，便见到一幢大房子。房中有六个十七八岁的少女，每个都垂着长发，身着盛装华服。

女神的宫殿大而无边，澄亮得简直炫目。并没有什么大的家具，最多是小火炉和棚子。女神所穿的衣服随季节而分红白黑各色，裙摆长长地拖着。其容颜之美难以言喻，绝非世人所能想象。

此后，善五郎便时常去访问女神之宫殿，每去一次

总能带回一些茶点，有时候则是药物。有些事情虽然在记录里没有明说，不过我总觉得善五郎如此深得女神之爱，多半每一次都会和女神共度枕席之欢吧。

女神的宫殿里院子极大，遍植果树，有桃有栗有柿，还养着一些狗、马和鸡。偶尔会有访客，不过也不见其人，只能听到高妙的琴声。每次善五郎自己想前去仙境之时，便会心神恍惚，哪怕夜路亮如白昼，还是走得稀里糊涂，怎么都找不到仙境的正确位置。

后来善五郎被同乡的女子调戏了一番，山中仙女知道以后也哈哈大笑表示有趣，好像也没有特别燃起多猛烈的妒火。

这种奇妙的关系维持了八年，善五郎一直没有和任何人透露此事。后来仙女发话了："你要是打算长期待在这里的话，就回去和你的亲人断绝一切关系。要是下不了这个决心，那你干脆别来了。"善五郎便断了念想，回到家重新当一个乡下人。这个故事和浦岛太郎不同，善五郎最后还是回到正常的普通人生活里了。

九州雾岛山里这个仙境的故事和中国唐代《游仙窟》里的世界颇为相似，在我们看来的确是个玫瑰色的故事。不过这个善五郎看上去也不像知道桃源仙境的知识。在日本过去也有平氏家族的逃亡者或者隐匿的基督徒躲到偏僻的山里去，那些聚落也常常被看作神秘的桃源乡吧。

　　此外，我们日本人总是把常世之国、浦岛传说或者普陀落渡海这些故事中的地方看作乌托邦的梦想之地，而且多在大海对面。把这种"幽乡真语"或是浦岛的传说移植到山中，也是足够有趣味的吧！

29　神话和科幻小说图景

在古代的神话传说里，总会有一些奇妙超绝的图景，就像科幻小说一样。专门去发掘这样的图景，也算是我的乐趣之一。譬如《古事记》里，就有这样的片段。

雄略天皇登上大和的葛城山之时，见到在对面的山脚下也有一列队伍，跟天皇的队伍一模一样。其中竟也有人和天皇一模一样，后面所跟侍从的服饰和人数也一模一样。天皇深感诧异："本国内除我外没有其他君王啊，你们是干吗的？"没想到对面那个和天皇一样的人，也这样重复了一遍。

天皇大怒，便剑拔弩张要抓捕对方。与此同时，对面也同样张弓搭箭，简直就跟镜子里的动作一样。不过，这种镜子般的行为，很快就到头了。天皇要求对面报上名来，对面说道：

"我乃葛城的一言主大神，一言成祸，一言成福。"

天皇感到十分惶恐，赶紧收起武器，又让侍从脱下衣服，逐一向神奉献。大神欢喜领受。就这样解决了一触即发的危机，重归和睦。

前文提到了科幻小说，而对于这种镜面式的场景，两个一模一样的人面对面的紧张构图，我总觉得像是理论物理学里反粒子或是反物质这样的情况。

对于我们人类和来自银河系的反物质类反人类相见的场景，科幻小说迷们早就司空见惯了，二者只要一碰到，马上就会引发爆炸，瞬间消失。因为二者之间所有的质量转眼间就会转化成能量。

所以，要是天皇和反天皇彼此碰见，天皇向对面射箭，当箭矢进入对方胸口的那一瞬间，天皇自己的胸口也会被来箭射中，于是多半会引发日本史上难以想象的大爆炸。

海市蜃楼也好，山鸣谷响也罢，这些自然现象都是基于这两者对立而形成的传说。这种解释也只是非常肤浅的解释，更进一步说，在古代新旧两种权力对立的形象也总是以这类科幻般的图景，拟真化展现出来的。

当然，我对科幻的历史解释也只能到此为止，接下来且参考柳田国男的《一言主考》。在葛城这个地方，

确实有原住民势力的神灵，不过在那时之后也就急速衰
退了。

　　一言主是差使行者来办事的一种精灵般的存在，是
一种丑陋的妖怪，早已不是那种足以威压堂堂一国之君
的神灵。

　　这姑且不论，我一想到天皇和反天皇之间的镜像对
立，就联想到作家博尔赫斯曾经介绍过中国广东地区的
一则传说。

　　镜中世界和人间世界曾经不是彼此相隔的，两个世
界之间可以自由出入。那时候，镜中之国的一伙人攻向
人间，血战之后，黄帝带领部队击退了敌军，也将对方
关在镜中。从此，他们只能在其中效仿人类的举手投足。

　　这个故事和雄略天皇的故事颇为相似，只是结果正
好相反，倒是有点意思。

30　关于"荣光之手"

在小栗虫太郎的《黑死馆杀人事件》中，纵观全书，到处都是关于神秘学和恶魔学的炫学。在我国的侦探小说之中，它也算是一大奇书。譬如说，在以日本为舞台的侦探故事里却出现了古代欧洲操持妖术的"荣光之手"，甚是奇妙。

究竟此"荣光之手"是什么呢？且听我慢慢道来。

简单来说，"荣光之手"便是使用妖术时的一种魔术小道具。

做法是这样的：先把犯绞首刑的犯人的手砍下来，拿裹尸布包住，紧紧绑牢，把残余的血液统统挤干净。随后准备一个泥壶，其中加入盐、硝石、胡椒做成混合液，并把那只手浸泡在里面。过两个礼拜，把手从壶里取出，放到太阳下晒干。要是还晒不干的话，就在炉子里烧蕨菜和马鞭草将其烘干。

　　用这只手来代替烛台，在上面点蜡烛，于是这蜡烛里就有了那个被处以绞刑的男子的脂肪、难以混合的蜜蜡以及拉普兰德生产的芝麻。这就是"荣光之手"。

　　要是有哪个盗贼拿到了"荣光之手"并点起蜡烛的话，那他一定会得手。因为"荣光之手"能够发散非常强烈的魔力，让屋子里的人就像被捆绑住似的，身体无法动弹，完全昏睡过去。

　　耶稣会的恶魔学者德里奥在报告里提到了一个拿到"荣光之手"的盗贼。他所进入的那户人家里，所有人都睡得像死了一样。但是，只有一个使女起来见到了盗贼的样子。盗贼正在家里大肆掳掠的时候，少女偷偷来到放置"荣光之手"的桌台边，拿水浇蜡烛。一下子还没有浇灭，又取了牛奶继续浇，总算是浇灭了。火一灭，魔力随之消解，全家人都睁开眼来，于是盗贼也就束手就擒了。

　　在日本，盗贼在进入房间之前，先要在人家院子里拉一堆屎，据说这样就能够顺利得手。说实话，以这种单纯朴素的方法究竟能不能获得"荣光之手"的伟力，实在令人怀疑。

　　我在翻阅欧洲古代魔法书的插图时，在各种令人厌恶的魔术小道具之中发现了这个"荣光之手"。它肯定不仅仅是盗贼进门用的，自古以来的妖术师还将其用于各式各样的目的。也有女妖术师为了制作"荣光之手"而特地去墓地里挖尸体，被人看见而告发出来的事情。

"荣光之手"在英语里是"Hand of Glory"，法语里则是"Main de Gloire"。依我的看法，这是来自"曼德拉草"这个植物的名字。

当然，也有一种说法说曼德拉草就是由于受绞刑男子的精液喷到地上而长成的植物，这样看来和"荣光之手"也有点关联。总让人觉得其中有一些死于非命之人的执念。

自古以来，作为茄科的有毒植物，曼德拉草就拥有和"荣光之手"一样的催眠效果。在魔术和妖术的世界里，这种植物作用极大。要是有机会的话，一定要好好来说一下有关曼德拉草的事情。

31 骸骨之舞

在罗马有巴贝里尼广场附近，有座人骨教堂，其中有数千具人骨作为室内之装饰，来访者往往惊惧。在天花板、墙壁以及垂下的吊灯上也全是人骨，实在是惊人得很。

在日本不太能见到拿骸骨来当装饰的习惯，但在欧洲中世纪僧侣那里，为了和死亡亲近，便热衷于在桌上以此为装饰，早晚凝视，正所谓"死亡观"之思。

在欧洲美术史上也有大量通过描绘骸骨来反映这类思想的壁画或者版画，其中最有名的乃是"死亡之舞"。

骸骨伸出手来，招呼着"来吧！一起来跳舞吧！"于是那些神职人员、皇帝、贵族、学者、士兵、贵妇、农民都纷纷加入了舞蹈的行列，不得不去跳这场死亡之舞。不管你在人间是干吗的，唯独此事任谁都躲不过。各种职业、各种身份的人都和骸骨一同狂舞，这就是"死亡之舞"的图景。

当然啦，表现骸骨的景象古来就有，根据美术史家埃米尔·马勒的说法，这种死亡之舞的观念在西欧广泛流行的源头，是一名从燕京（今北京）回去的方济各会传教士，因为当时燕京是喇嘛教的一大中心。死亡之舞这种表现形式的老家其实还在东方，这样说起来，最近我所看的印度和尼泊尔的坦陀罗绘画里也的确有骸骨跳舞的场景。

作为"死亡之舞"的日本版本，我一下子就想到江户时代初期的假名草子《二人比丘尼》。作者是当时效力德川家的武士，后来出家的铃木正三。他写这本书也是为了阐发佛理，不过我最感兴趣的还是作者所描写的骸骨活灵活现的样子。

武士的妻子十七岁就守了寡，为了寻找战死丈夫的尸身，她挂上了一串菩提子，遂离开家四处寻找。秋天白昼短暂，很快就黄昏了。无奈之下，她找到一间小小草堂，便打算在其中度过一夜。

四处一看，边上就是一片萧条凄凉的墓地，立满了遍布青苔的石塔。或许是最近才建的，很多墓碑还是新的。女子在草堂里念了一夜的经，眼看着天色微明，也确实过于疲累，终于沉沉睡去。在睡梦中，出现了好多骸骨。

　　骸骨们拍手打着节拍，骨骼发出咯吱咯吱的声音，齐声唱着歌："我借地水火风当形骸，如今当归去……"

　　确实，骸骨这种东西，其实就是人类舍弃了作为负载的肉身和一切欲望之后回归空相之物，已经摆脱了生前那种被纠缠的烦恼。永不被烦恼纠缠是何等喜悦，所以一定要跳起舞来，以此亲自讲述人生是空、世事如梦的道理。

　　和西欧的中世纪比起来，江户时代要更现代，而《二人比丘尼》里骸骨的"死亡之舞"和西欧的"死亡之舞"倒是相似得很。

　　不过欧洲的骸骨希望伸出手把人拉过去，一起跳死亡舞蹈，相对来说日本的骸骨只满足于说一些训诫的话，也算是温柔的骸骨吧。

32　被天狗抓走的少年

在我小时候，大约昭和十年前后吧，在东京还有很多神隐的传说。要是哪个小孩突然失踪，人们基本上就认为被天狗掳走了。

让天狗掳走这种事情在过去非常多，就像谣曲《花月》所唱的那样，既有很多艺术性的美妙呈现，也不乏鄙俗之物。江户时代随笔中常有，我记得一个名为《诸国里人谈》的短篇故事。虽然很短小，却也别有一番趣味。

正德年间（六代将军家宣之时），在江户神田锅町的小杂货铺里有一个十四五岁的小伙计。正逢正月十五的傍晚，他拿着毛巾打算去澡堂。前脚刚走，老板忽然见到后门那里站着一个人，忙说："什么人？"原来是刚刚要去澡堂的小伙计。样子像是穿着草鞋的旅人，手杖上还系着蒲包。

　　杂货铺老板反应很快，一点也没有表现出惊慌的样子，对他说："你赶紧脱了草鞋去洗洗脚。"小伙计畏畏缩缩地去洗了脚，又到厨房的架子上去取了盆子，从蒲包里倒了很多山萆薢到盆子里，对老板说："这是一些礼物。"山萆薢是一种山里野生的山芋。

　　主人问他："你这是打哪儿来呢？"

　　"今天刚刚从秩父的山里过来。离开太久了，你这里人手不够吧。"他答道。

　　主人觉得越发不可思议，问他："你到底是什么时候离开的？"

　　"去年十二月十三日被煤那天晚上吧。从那时到昨天，我一直在山里面。每天都有客人前来，给我点生活供应。昨天跟我说，让我明日回江户，不如挖点山萆薢带回去当礼物。所以我就搞了点过来。"他答道。

　　不用问，这个小伙计在被煤那夜离家出走的事情，谁都没有注意到。不，小伙计直到前面一刻还一直在家里，不是还拿着毛巾去澡堂了吗？难道说去澡堂的那个不是小伙计，而是另一个替身吗？

　　《诸国里人谈》的作者留下了种种疑问就结束了故事。要我来说的话，不管是那个去澡堂的小伙计，还是那个被天狗抓到山里去的小伙计，决非两个不同的人，应该是同一个人。同一个人在同一个时段分出了两个不

同的人格，在不同的地方获得了不同的经验，这种事情想想也趣味无穷。

　　另外，请把十二月十三日到正月十五日这个时间拿括弧括起来（这个时间也是小伙计的幻想），小伙计在从去澡堂到回家这段很短的时间里也饱尝了被天狗拐入山中的体验，这可能也是非常有趣之处。

　　说到时间的自由伸缩，就像放进了压缩罐头一样，被非常复杂地加以折叠。这个小伙计或许正是和去龙宫的浦岛太郎经历了反向的体验。浦岛太郎去了一趟龙宫，回来以后几百年过去了。而在这个小伙计这里呢，只是过去了一瞬间。

　　泉镜花的《草迷宫》里有一个魔人，名叫秋谷恶左卫门，他曾断言："人间一瞬成世界。"意思是说，我们都生活在一瞬之间。天狗也好神隐也好，或许都是在瞬间被折叠、被压缩的广阔世界吧。

33　长在石头上

《长崎鱼石》的故事在柳田国男编著的《日本昔话》里很有名，这里先来介绍一下根岸镇卫的《耳袋》。

很久以前，有个中国人看到在长崎町家的石垣里有一块不断喷出水汽的石头。他表示要把这块石头给买下来。石头主人总觉得石头里有蹊跷，便不肯出售，打算亲自去调查一下。于是他把石头从石垣上拿下来，见这石头还是向外冒着湿气。

主人心想："这石头里面一定有玉！"便小心翼翼地打磨这块石头，磨着磨着，不小心把石头打破了。刹那间，石头中央涌出水来，水里还有一条小鱼。小鱼很快就死了，主人便顺手拿来丢了。

后来那个中国人听说了这件事，遗憾到泪流满面。主人去问他原因，他说："这石头里隐藏着生命，要是没有打破，静静打磨的话，将会是价值连城的宝贝啊。

实在是太可惜了！"

根据柳田国男的记载，要把这块石头"顺着水汽的周围细细打磨，磨到离水还有一寸左右，那水光就从中透出来，能见到两条金鱼在其中遨游"。想想都是世上绝美之物。就印象而言，柳田的记述更胜一筹。

这种石头里隐藏着动物的传说，发祥地多半是在中国。从古至今，几乎找不出比中国人更爱石头的民族了。鱼石的故事传到了长崎后，也是对其中国发源说的佐证吧。其实这些故事里不光有鱼，还有石头里生长的虫子，甚至还有龙之类的动物。

在《耳袋》里，以藏石知名的木内石亭也有很多故事，简单说一下。

　　石亭爱石，从某行脚僧人处得到一块珍石。那石色黑，大如拳，若放置在桌上砚台之中，有汩汩清泉流出，看来确实不可思议。石亭极为珍视。这时来了一个老人仔细查看后，忠告他说："此石生水汽，内部藏有龙。假如龙一朝升天，那就闯大祸了，还是早点丢掉为好。"

　　扔掉多可惜啊，石亭怎么也做不到。有一天，天气多云，眼看要下雨了，石头一反常态，发散出大量的水汽。石亭这才惊慌了，赶紧将其奉纳到村子的神社堂前。然而到了晚上，大雨滂沱，雷声轰鸣，神社堂中升起一片黑云，看来是有什么东西升到天空去了。

　　第二天，村人到堂中查看，见那石头一分为二，分明是有龙升天了。故事就是这样。

　　虽说《耳袋》里写得真真切切，但在石亭的《云根志》里，一点都没提到他有这块石头的事情，所记载的也就是一些各地的传说。石亭自己说得很清楚："所有这些类型的故事都只是口口相传，并没有真正见过实例。"

　　虽然在石亭那里没有提到，但这个故事也显然是个传说。不过我觉得这种传说里也有一些必然性的特点。石头这种如此细密的物质里有东西生长，显然是不可能的事情，但想想这幅画面倒也有趣得很。

　　《西游记》里的孙悟空，不也是从石头里蹦出来的吗？

34　海　怪

　　九州平户藩主松浦静山侯的随笔《甲子夜话》里有很多关于舟幽灵的例子，而且大多都来自平户领海。舟幽灵又叫愚世船，来自那些在海上溺死的灵魂，一到晚上就出来迷惑往来的船只。

　　山崎美成的《世事百谈》里提到，在风雨交加的夜里，这种现象往往多发。最先只是像被风吹来的棉絮一样，徐徐漂浮在波涛之上，慢慢地这些白色的东西就逐渐变大，显现出脸的样子，鼻眼俱备，轻轻地出声呼朋唤友。很快，海上就有了几十个幽灵，在海波间四处游荡。

　　这些幽灵像是要把船弄翻似的，手搭在船边，企图要让船停止前进。碰到这种情况，就算你拼命摇船桨，多半也逃不掉。

　　幽灵还会大声叫："拿勺子来！"

　　这叫声意外地无比清晰。"勺子"是水手之间的俗

语，意思就是很大的长柄勺。但是假如你贸然把勺子借
给他们的话，那可就出事了。幽灵们会用尽全力往船里
舀水，那样船很快就沉了。

　　有些老练的水手知道这种事情，就会把长柄勺的底
部抽掉。那样一来，幽灵再努力也没法让船沉掉。

　　幽灵索要长柄勺的传说，在伴蒿蹊的《闲田耕笔》、
津村正恭的《谭海》以及《甲子夜话》这些书里都出现
过，属于幽灵最常见的属性。《闲田耕笔》里，舟幽灵
发出十三四岁小孩的声音，叫着"嗬——嗬——"。针
对这种情况，水手一般会说："行了，就待在那里吧！"
要是让他们靠近，那事情就闹大了。

和舟幽灵不同，还有一种海里的妖怪叫作矶女。也是这样，一旦船碰到矶石，这种妖怪就走进来讨长柄勺。所以只要看到矶女一出现，就要赶紧切断尾缆，逃到海上去。

再来说说海坊主。根据柳原纪光的《闲窗自语》里的记载，这东西的外观跟人一样，全身黑漆漆的，在海面上现出半个身子，在那里直立行走。述说此事的人是从后往前看见的，没看到他脸长什么样，只知道声音如同笛声。

要是去欧洲找能够和海坊主相媲美的妖怪的话，在16世纪左右的动物志里，还真有"海僧侣"和"海主教"这样的奇妙怪物。

纪尧姆·龙德莱的《鱼类全志》里就有记载："这东西长了一副人脸，看上去很野蛮。头上没有头发，光秃秃的。肩膀上披着如同僧侣的袈裟那样的东西，没有手，只有一对很长的鳍。下半身是前端非常宽阔的尾巴。"

在当时的博物学者康拉德·格斯纳和安布鲁瓦兹·帕雷的著作里同样出现了这种"海僧侣"或者说"海主教"的插图。乍一看，这怪物长得跟人类一模一样，就是全身长满了鳞片。

看上去，这或许是住在北海的海兽，如海象、海

狮或海豹之类，只是当时的民众发挥了离奇的想象而
已。也有可能是当时的商人专门售卖猎奇之物，把鱼
的身体接上人的首级，然后高价卖给那些爱好奇珍异
宝的贵族。反正在那个年代，怪物学和动物学还傻傻
分不清楚。

35　隐身衣的愿望

　　人人都盼望能把自己的样子隐藏起来，江户川乱步称其为"隐身衣愿望"。诚然如此，若能在做各种恶作剧或是坏事之时无人看见，确是无边乐事。光是想想，都让人热血沸腾。

　　H.G.威尔斯的《隐形人》特别有名，阿波利奈尔的《奥诺雷·苏布拉克失踪之谜》里也有类似的趣味。故事讲有这么个男人，每当危急存亡之刻，将衣服一脱，人紧紧贴在墙上，顿时就像有了动物的保护色似的从别人的眼里消失了。

　　在日本的故事里也常常会出现隐身衣，只要一穿上就能够隐藏身形，实在是难以想象的宝物。有些聪明人捉弄天狗，拿一些不值钱的东西去换来了隐身衣。在欧洲也常会有一些隐身斗篷或者隐身帽子之类的传说，总而言之都是乱步所提出的这类"隐身衣愿望"，改变自

己的身形一事在世界范围内都得到了认可。

　　希腊神话里的英雄珀耳修斯，在击退妖怪戈耳工的时候所戴的也是能够让自己隐身的帽子。

　　根据折口信夫的说法，蓑衣和斗笠对于古代人来说都是一种变相的服装。一旦穿上蓑衣、戴上斗笠，人就接近神明了。那些来自彼岸的访客，或是异界来者，也总是以披着蓑衣斗笠的姿态出现在世人面前。而隐身衣应该也是在这种信仰之上所形成的空想产物。

　　在平安时代的和歌和物语里也有提到过不少关于隐身衣的事情。在一则已经散佚的物语里有名叫"隐身衣中将"的主人公，基本情节大致也是讲他隐去身姿后四处行动的事，故事的题目就叫"隐身衣"。要是这则故事没有散佚的话，或许这就是日本最初的科幻小说。想到这点，我也觉得挺遗憾的。

　　《古本说话集》里也有"龙树菩萨穿隐身蓑笠戏后妃"的情节，这和《今昔物语》里的旨趣也差不多。

　　龙树是 3 世纪前半叶的印度哲学家。在他还是个俗人的时候，和两个朋友一起聊天，说自己制作出了隐身衣的配方。切三寸寄生木，花三百天阴干而成。要是把这种药擦在头发上，就像穿了隐身衣似的，顿时就能消失不见。

　　三个人就这样隐去身形潜入了皇宫，又是戏弄皇后，又是戏弄宫女。那些女人觉得特别讨厌，但也无可奈何，只好跑去向国王诉苦："最近老有一些看不见的东西跑到我们边上来，摸我们的身子，烦心得很。"

　　要说还是国王的脑子好使，转眼间计上心来。便在宫中的床上铺满灰尘，一旦沾上了灰，就能留下脚印了。到时候乱刀砍去，肇事者必死无疑。

　　就这样，龙树的两个朋友都被砍死了。而唯独龙树一头钻到皇后的裙摆衣裳里去，总算趁机溜出皇宫，保住性命。

　　龙树是大乘佛教的创立者，伟大的哲学家，年轻的时候都干过这种没羞没臊的事情呢。

　　这个故事表明一点，隐身衣的故事主题其实特别适合情色小说。当然，在我看来，平安时代的物语或许也真就是情色小说吧。

36　被弄坏的人造人

　　从平安末期到镰仓初期有一个有名的歌人，名叫西行，相传他偷偷造了个人造人。我本来就对弗兰肯斯坦和魔像（Golem）这种人造人的故事很感兴趣，所以一听说在日本中世纪有同样的传说之后，就特别合口味。

　　虽说自古相传这是出自西行的著作，不过根据最近的研究表明，实际上并不是西行所作，而是来自镰仓时代的一部佛教语录《撰集抄》，其中提到了"西行在高野深处造人"的内容。

　　西行在高野山深处修行佛学，有日为了打发没有朋友的寂寞，便想造个人出来。他想起了鬼怪集取人骨而造人的传说，便打算亲自尝试一下。对于西行来说，他乜确实懂很多秘法。

　　但是所造出来人的成品，又丑陋又没灵魂，声音跟笛声似的，就像妖怪一样。西行有些不满，便打算把这个东西毁掉。然而怎么说也是照着人的样子造出来的，也下不了如此残忍的狠手。无奈之余，西行就只好把这个人造人丢在深山里面。

尽管如此，他还是对自己的失败感到怀疑。西行上京之后，特地去拜访了秘法大师伏见前中纳言师仲卿，还和他说了此事，听其意见。师仲卿仔细听了西行的报告，便对他说：

"其实你做的也挺好，只不过要施行回魂秘法的话，你那些道行还不够。我自从在四条大纳言那里学到秘法之后，到现在也造了不少人造人。其中也有出世成为大臣的人物，只是不能透露他的名字。要是一旦泄露，造者和被造者都会一瞬间灰飞烟灭。"

回魂秘法多半是从中国传来的密教思想和阴阳道的混合，是能够唤回死者灵魂的秘法。师仲卿看来也是暗中在使用这套法术，他向西行细心地传授了真正的制造人造人的方法。

只是西行越听越不耐烦。为什么会如此呢？我猜多半是西行在造人的行为里感受到了一些不祥的东西。这举动是盗取神创造人的秘密，看上去像是魔鬼所为。或许他从中也体会到了某种恐怖或是不安吧！

欧洲也是一样。从中世纪以来，人造人的历史连绵不绝，总做着这些无法无天之梦的人，同样被视为邪恶的魔法师。从基督教的传统来看，这些毫无疑问是恶魔的行为。

众所周知，今天医学界人士对于人造子宫的研究，或是试管婴儿研究等都是对上帝的挑战，也常常受到天主教会的各种非难。

在传说里，13 世纪最大的经院哲学家艾尔伯图斯·麦格努斯也曾经用木、蜡和铜成功造出了一个人造人。这个人造人成了艾尔伯图斯的使者，勤勤恳恳地工作着。有一回，他的弟子托马斯·阿奎那去拜访这名哲学家在德国科隆的住所。刚一敲门，人造人就跑了出来，恭恭敬敬地给他开门，不知为何嘴里还唠叨个不休。

据说阿奎那吓了一大跳，毫不犹豫就把这个人造人给打碎了。他和西行所感受到的，多半是类似的情绪吧。

37　腹中应声虫

　　6世纪末以格里高利圣咏而知名的教宗格里高利一世的著作《对话集》里，还存有一些有意思的残章。其中有个故事，讲有个修女吞下了恶魔之事。

　　这名女子在女子修道院的院子里吃下了两三片莴苣叶，感到恶魔来到她的腹中。这事情不得了，一时间整个修道院都惊慌失措，便叫来了驱魔师，也就是专门驱赶恶魔的祈祷师。驱魔师劝告恶魔说："快点出来！"于是恶魔答道："我只是在莴苣的叶片上坐着罢了，又不是存心要去这姑娘肚子里的。"

　　从恶魔的角度来看，被修女吃掉也是灾难啊，更不是自己有心去附身的。或许有很多关于恶魔的现象和这个故事类似，只是被附身的人的精神有问题罢了。

　　和欧洲的恶魔有所区别的，是在腹中长了跟虫子一

样的东西，外面有声音，里面就回应，这种怪病在中国古代被称作应声虫。

有个屏风店的老板长右卫门，住在京都油小路二条上町，他的儿子十二岁，名叫长三郎。元禄十六年（1703年）五月上旬，这孩子得了不可思议的怪病。肚子上长了个有嘴的肿块，他自己说什么话，肿块就照样重复一遍。不光如此，那张嘴还特别能吃。有时候觉得实在不能吃那么多，如果不让它吃的话，那肿块还会大声抱怨，还变得特别热。

到处求医未果，到了七月的某一天，去访问了一个名叫菱玄隆的名医。名医说："这样的病人在我国倒是闻所未闻，但外国的书里有过先例。"

医生先是试着让病人肚子上的嘴吃些药，见那张嘴还特别嫌弃不肯吃，便把这些药调和起来，说："你非要大声叫的话也行，不过你还是得把这些药给吃了。"说着还是把药给灌了下去。很快，那张嘴总算不出声了，也不吃东西了。

大约过了十天，病人的肛门排出来一个雨龙样的东西，长一尺一寸（33厘米），头上有一个角。这东西一出来，立刻就被打死了。雨龙是一种跟蜥蜴似的小型龙类，在《新著闻集》和《盐尻》里都有和这则故事类似的情节。

　　读中国古代本草学的书目，可以发现这样的方子：要驱逐应声虫，可以服用一种名为电丸的植物性药丸。从现代医学的视角来看，这究竟能对应上什么病症，光凭我这点浅见寡识实在难以想象。要说真相，或许和恶魔上身差不多，也不过就是人的精神疾病所引发的幻想吧。

　　谷崎润一郎的小说里有一种叫作人面疮的肿瘤，也能够发声音，总让人觉得和应声虫之间有点什么关系。

　　这种肿瘤长在膝盖上，溃烂了又痊愈，反复好几度，慢慢在膝盖上长成了笑脸的样子，越来越恶心。菅茶山在《遣怀漫笔》里也曾借医生桂川甫贤的记载，详细说明了这类人面疮的症状，更附上了插图。

　　或许人生了病，就只能诉诸神奇的想象吧。将其称为"病的艺术"，也未为不可。

38 百鬼夜行

夜半时分,许多行貌狰狞的鬼怪纷纷点燃火把,排队出游,这正是所谓的"百鬼夜行"。事例很多,在这里介绍的是《今昔物语》卷十四里的故事,说当时右大臣良相之子,名唤常行,外出时便碰上了百鬼夜行。

常行这个人也算是个美男子,生性好色,常常夜游。有一回,也是要去寻花问柳,父母苦劝不止,他遂带了少年侍从一同走上了夜道。刚到美福门前,只见那边的东方大宫方向有很多奇怪之人,还点有火把,喧闹不止。于是常行便躲到神泉苑的北门,仔细去窥看那通行的队伍。一看,敢情全都是面貌恐怖的鬼怪。常行顿时吓得晕了过去。

那些鬼怪说:"有人类的气味,抓住他……"一个个都朝常行隐藏之处走了过去。千钧一发之际,常行心想:"完了!"可未曾想鬼怪却怎么也近不了他的身。忽然有一个鬼怪大叫:"尊胜陀罗尼在这里!"队伍顿时熄灭了火，转眼间逃得一干二净。

常行的乳娘曾经让他那个担任阿阇黎的长兄写过"尊胜陀罗尼"的符咒，总是让常行带在身边。正是这个缘故，那些鬼怪才靠近不了他。

"尊胜陀罗尼"是由八十七句梵文组成的陀罗尼咒文，据说只要将此咒写了藏于身边，便足以使那些夜行的百鬼退散。也就是说这是一种效力极大、能躲避邪魔的护身符。

在《百鬼夜行》里常行所遭遇的鬼怪只是提到其"形貌恐怖"，而在《古本说话集》里，这些鬼怪则既有三手一足者，又有独眼者，简直是一个异形集团。在《宇治拾遗物语》卷十二里所出现的百鬼夜行，里面的鬼怪则是个子比车还高，头如马形。而在绘卷里出现的百鬼夜行图里，除了青鬼和赤鬼之外，还有很多由动物和器物变化而成的鬼怪，可谓盛况空前。

根据阴阳历法可以推算出百鬼夜行的时间，到了那时那刻，人们对于外出总是特别慎重。常行是个好色之徒，才在这种时刻出门，也难怪会撞鬼。从平安时代到镰仓时代，到了晚上恐怕一片漆黑，不管是谁都会害怕黑暗中会不会有什么可疑之物的影子。

　　不过呢，若能够一直把"尊胜陀罗尼"戴在身上总是安全的，只不过这不是一般人能得到的。更简单的方法是口唱某种咒文。在当时被称为百科全书的洞院公贤的《拾芥抄》里有"夜行夜途中歌"，下面引用其中的三十一个字。那就是：

　　カタシハヤ、エカセニクリニ、タメルサケ、テエヒ、アシエヒ、ワレシコニケリ

　　到底是什么意思，我也搞不清楚。不过相传不管是什么人，只要口诵这三十一个字，就能够躲过百鬼夜行之灾。

　　接下来再说一下《拾芥抄》里的"见人魂时歌"，歌词是这样的：

　　タマハミツ、ヌシハタレトモ、シラネドモ、ムスビトドメシ、シタカエノツマ

　　鬼本来就是黑暗世界之住客，所以百鬼夜行也只能在夜里出现，太阳一升起来，那些鬼怪就立刻藏身。这一点和西方的瓦尔普吉斯之夜的恶魔也有不少相似之处。

39 亚历山大大帝的海底探险

人类有一个古老的梦想,就是潜到神秘的深海海底,去看那些鱼类和奇怪的生物玩耍的样子,跟梦想飞上天一样。于是现在有了飞机,同样也有了深海潜水艇这些发明。

其实世界上最早坐着深海潜水艇潜入深海的人物,正是传说里的亚历山大大帝。

众所周知,亚历山大大帝是历史上的人物,但在中世纪,没有一个人像这位年轻的马其顿帝国的缔造者那样,成为各种传说的主人公。大帝的远征传奇,再加上传奇作者们丰富想象力的润色,逐渐发展成一大类以异国东洋为舞台的幻想罗曼史。

譬如,有些故事说大帝会骑着一种带有翅膀的狮鹫兽飞到天空去。在那些故事里,大帝有时候和异国女王相恋,有时遭遇狗头怪和鱼人。也有提及森林里那些植

物化为美女的故事。大帝的海底历险记，也是这些故事
中的一则。

　　亚历山大大帝找人造了一种被铁箍箍紧的玻璃樽，
这种铁箍足以抵抗深海里的水压。樽上有盖，从而能进
入内部。这种人能够进去的樽被一根长九十米的黄金锁
链锁住，从船上徐徐降落到海底。就这样，亚历山大大
帝就独自坐在玻璃樽里来到了波斯湾的海底。
　　我们看中世纪那些波斯细密画里，就有这样的图景。
在玻璃樽内，亚历山大大帝戴着皇冠、手拿笏板，坐在
椅子上，眼看着周围海底的珍奇之物。大帝两侧吊着两
盏灯，点燃红色的火焰，照亮了黑暗的深海。
　　在玻璃樽的上下左右有着大大小小各种鱼，还有不
为人知的海兽，一群群四处游动。有的鱼跟鲸鱼一样大，
游过来的时候简直像要把玻璃樽打碎的样子。在中世纪
的故事里提到，大帝还见到了那种在玻璃樽前要游三天
的巨大海中怪兽。
　　12 世纪的英国哲学家亚历山大·纳肯说："大帝没
给我们留下任何的观察记录，实在是颇为遗憾。"他或
许是真的这样认为。
　　其后，近代科学的鼻祖、英国哲学家弗朗西斯·培
根也设想过深海潜水艇的图景。由金属制成，容器内部

有空气，可以沉到海底。不过究竟有没有被使用，我也不知道。

在日本，伊势志摩的九鬼水军有所谓的"盲船"，在大阪冬之阵里特别活跃，算是非凡之物。这个船的外侧全由盾板装甲起来，不仅能防止敌方进攻，还可以防止浸水。这种战国时代的盲船究竟能不能潜到深处，多少也是一个疑问。

美国动物学家威廉·毕比进入过钓钟形的潜水器，一度潜到过百慕大群岛附近的海底深处六七十米，这是1932 年的事情。亚历山大大帝以来的人类梦想，到了这时候才开始有完全实现的可能。

海底是生命的故乡。匈牙利的精神分析学家桑德尔·费伦齐就把人间的故乡称为 θάλασσα（希腊语：大海）。这样看来，海底探险也正是一种人类回归母胎中的愿望吧。

40　恐怖的童谣

众所周知，常常有一种倾向，把扫把星的出现或者日食月食之类的天体现象解释为对未来的社会或者政治事件的某种暗示，某种不祥的征兆。同样，那些在民间传唱的童谣，过去也被看成一些可怕事件的前兆。

哪怕是我这种现代人，已经丧失了面对语言时的那种咒术般的恐慌，也能理解这种感觉。一听到这种意义不明的话，总觉得背脊被泼了冷水似的，这种情况也不罕见。让人感到语言这种东西，其中或许也有神灵吧。

从飞鸟时代直到近江朝时代，常会流行一些谜一样的童谣。每次都造成恐慌，仿佛是什么事情的前兆，让人忧心忡忡。一旦有流行童谣出现，大家就开始猜测要发生什么事情，纷纷想从中找到些因果联系。

在《日本书纪》里，也记载了不少这样的童谣。譬如说齐明天皇六年十二月这一条中，就记载了下面这首意义不明的流行童谣：

　　まひらくつのくれつれをのへたをらふくのりかり
がみわたとのりかみをのへたをらふくのりかりが甲子
とわよとみをのへたをらふくのりかりが

　　大量学者对这段文字又是断句又是修正，总想找一
个确切的解释出来。但这六十四个奇怪文字到底是什么
意思，直到今天还没有定论。

　　说到齐明天皇六年，天皇为了援救百济之危出兵新
罗，遂开始预备战船。因此，这段童谣常常被释读成对
于天皇兵败新罗的预言。虽说如此，我们照旧对其意义
一无所知。

　　研究艺术史的岩桥小弥太氏认为，大部分歌谣只要
有不错的旋律和拍子，就算不理解歌词的意思也没关系。

在这种情况下，没多大必要专门去追求非常严谨的意义。确实如此，我也是这样想的。

在江户川乱步的短篇《白昼梦》的开头有这样的场面，晚春暖风的下午，街头扬起风尘，有若干垂着头发的女子在道路中央围了一个圆圈，唱道：

"アップク、チキリキ、アッパッパア……アッパッパア……"

童谣的词句意义不明，仿佛预告了接下来将会发生的各种惨剧，充满了不祥的气息。只有荒谬的歌词才有这样的效果，这也算是乱步的心得吧。

不光是童谣，包括一般的大众文艺，一旦如燎原之势火起来的话，当政的人总会神经紧绷。事实上每次改朝换代的时候，这种现象总会常常出现。

例如平安朝末期的院政时期，京都内外开始流行起了田乐舞蹈的风气。有一部《洛阳田乐记》的纪实里就提到，大江匡房等人都在怀疑这是不是某种征兆，也有一说是不是有妖狐在作怪。

谁都知道，在大正十二年关东大地震前流行过《枯枝败叶》这首歌。这样说来，我也想起在昭和二十年战败前也曾流行过《再见了，拉包尔》这种白痴歌。

那么，今后又会怎样呢？

41 大中藏小之技

大箱套小箱，小箱里还有更小的箱，这种大小箱依次相套的装置是一种中国的戏法。这种箱子戏法想必是最能鲜明显示中国人特征的东西了。

读过六朝时代的志怪小说以及唐代的传奇小说后，就会发现和这种箱子戏法主题相同的作品多得惊人。和其他任何国家的人相比，我总觉得古代中国人尤其喜欢拿形象来进行取乐。

后藤基巳氏翻译过唐代的《玄怪录》，其中有"皮袋怪"一则，且来介绍一下。

北周静帝初年（6世纪）某日，居延（甘肃省）的部落酋长勃都骨低的家里，来了几十个看上去像艺人模样的男子。彼此通名后，骨低将他们请入房中，问道：

"各位的装扮像是卖艺之人，一定身怀绝技吧。"

对面的头领说道："无非变点戏法而已。"

　　骨低大喜，而其他艺人却贸然上前说道："我们饿得肚皮都松弛了，它甚至可以绕着身体转上三圈。"

　　骨低赶紧设宴款待，准备了大量食物。未几，另有一人说道：

　　"既然如此，就请您看一个先以大套小再复原的戏法吧。"

　　话音未落，这群人里个子高的就逐一吞下了个子矮小的人，肥胖的人也逐一吞下了较瘦的人，到后面就剩下两个人。就像箱子戏法一样，人也层层叠叠套在了一起。然后那个高个子说：

　　"接下来，复原吧！"

　　说完就吐出了一个人。这个被吐出来的人又吐出了另一人，就这样接连被吐了出来，最后人数一个不少。骨低看得目瞪口呆，便给了他们大量的谢礼。

　　这支队伍后来每天就反复表演这个戏法给他看，看得骨低都开始不耐烦，逐渐也不加以款待了。这群艺人很生气，干脆把骨低的小孩和妻妾都抓起来，统统吞了下去。骨低这才感到害怕，又是恳求又是道歉，那群艺人总算笑了，又把吞下去的那些人都给吐了出来。

　　故事的最后，总算搞清楚了这帮艺人的真面目，原来是几千个老旧的皮袋子。也就是说，皮袋子成了精。

　　著名的壶中天和南柯梦的故事也一样有不少读者。壶中天说的是人能跳到小小的壶里去，里面有非凡的高楼，楼中更有美酒佳肴款待。南柯梦则说有个男人在梦里来到了蚂蚁的王国，体验了他们的生活的故事。说起来，只要人能够自由出入大小世界，或者能通过秘密洞穴，就能够在两个世界之间相互往来。而且这个世界里的世界不断增多，就像是那种箱子戏法一样。

　　在欧洲，若想要到达乌托邦那样的其他世界，必须要历经艰险越过大海。而在中国若要去桃源仙境，则只要通过洞窟或者树洞就可以了，去壶中更是只要一跃而入就能抵达。

　　桃源仙境可以算是与现实之地连接在一起的，而那个在现实背面的世界，就像我们拿手去指莫比乌斯环那样，终究是怎样都到不了的。

42 另一个自己

前文已经写到过，有些传说里人的魂灵会趁着睡觉的时候离开肉体，变成小动物或者磷火之类，这都是旁人在观察睡觉者时所发生之事。然而不仅如此，走夜路的时候会突然见到有人的背影，于是从后面赶上去，实际上这是从熟睡之人的肉体里逃逸出来的灵魂，这种事情也不少见。

根据那些人醒来以后的证词，可以搞清楚怎么回事。

例如在《雪窗夜话抄》里面，就有这样的事情（来自柴田宵曲《妖异博物馆》）。

元禄十三年夏天，在京都，有个男子在深夜要横渡三条大桥回家。那夜的月光皎洁如白日，只见河原竟有十四五岁模样的少女在独自游玩。如此深夜看见此景，还真是不可思议。此人便逐步走近，发现这不是熟人三条釜座袜店老板的女儿吗？

正打算上前相询，见那姑娘朝他嫣然一笑，遂沿着三条大街向西一路跑去了。

那名男子赶紧奔上前去，却怎么也追不上。总算跑到了袜店门前，那姑娘突然轻飘飘地从地面上浮了起来，直接飘进二楼的房间里去了。

那男子吃惊不小。到了第二天，他佯装若无其事地来到了袜店，正跟老板唠嗑间，他家女儿走了出来，说了这样一番话：

"昨晚我做了个梦，到了一个陌生的河岸边上，正玩水呢，忽然见到你过来了，还叫我。我一想，来这里玩之前没和父母说过啊，便赶紧跑回家。结果你在后面追啊追，跑得我满身大汗，于是就醒了过来。"

类似这种事情，在《三州奇谈》或者《怪谈老之杖》里也有，我觉得真要搜罗的话不胜枚举。

不过，若是在睡梦中那还好，如果醒来时眼前出现了和自己一模一样的魂灵的样子，那时又该怎么办？前文写过自我幻视的例子，和这种情况还有所不同，因为这里还有第三方的见证。《搜神后记》中就有这样的例子。

宋代时，有夫妻同寝。妻子先起身外出，等她回来时，丈夫犹在被中睡着。一会儿妻子又欲起身，家里小厮来告知："先生在那边要取镜子。"

妻子只当小厮戏言。便指床说："胡说些什么，先生不是睡在这里吗？"

但小厮就是一个劲儿地坚称，是先生让他来这里的。

二人走出卧室查看，见丈夫果然在其他房间。妻子心中大为惊异，赶紧上前说明。丈夫也吃惊不小，赶紧和妻子一道回卧室看。

只见在床上确有男子和自己一般无二，正躺在那里呼呼大睡呢。

丈夫心想："这应是自己的魂灵"，遂不惊扰。夫妇二人立刻轻抚床铺，随后见那沉睡中的男子逐渐被吸入了棉被之中，慢慢消失了。

此后不久，男子就大病一场，精神也变得不正常。此症状和自我幻视一样，有这类特异经验的人几乎不太可能安然度过一生了。

43 变成蛤蟆的大将

　　日本有很多关于蛤蟆的怪异传说，那种兴味跟法国19世纪的幻想小说差不多。其中最让我喜爱的，乃是关于细川胜元的传说。

　　说到细川胜元，哪怕是小学生都该知道，这是室町时代的武将，在应仁之乱中担任东军的总大将。不过在另一方面，这人也颇为风流，学问相当高明。在京都的等持院以西，有一座德大寺，其中的北山山庄后来出让给他人，建造了以石庭知名的龙安寺。这名建造者就是胜元。

　　胜元性奢华，建造了这座极尽风雅的庭院之后，每当政务有暇，都来寺中观庭，有时还邀请客人前来，设宴款待。炎夏之日，也曾跳下池水游泳，上岸后便入一丈见方的房间午休。

　　某个夏日黄昏，来了七八名盗贼，潜入龙安寺后偷偷到房间外窥伺，只听一片寂静，不见人影。在座席中央，竟有一只巨大的蛤蟆蹲踞在上，高达一丈（约三米），正直勾勾盯着这一侧看，目光亮如镜面。

盗贼吓得肝胆俱裂，瘫软在地。此时，蛤蟆忽然变化成了大将的人形，站起身来从一侧取刀，喝道："来者何人？此处不是你们当来之处！"

盗贼颤颤巍巍哀求道："我们只是一群小偷，请求饶我们一命！"大将哈哈大笑，从床间取出黄金的香盒朝他们丢过去，说道："贫苦之人为盗亦可怜，这个东西拿去吧！然而，此前所见之事，绝对不可对人言！"

这则故事见于元禄年间刊行的林义端的《玉箒木》这部俗世奇谈集。作者在最后也提出了一个疑问，不知道这个大蛤蟆到底是住在寺庙后山的妖怪呢，还是说胜元的本相就是蛤蟆，偶然现出原形时正巧让盗贼们看到了。

说起来，细川胜元的儿子也曾出现在幸田露伴的小说《魔法修行者》里，那就是热衷饭纲之术、奇人中的奇人细川政元。可以说有其父必有其子吧，这样看的话，这个父亲胜元也绝对不会是一般的人物。

和这则怪谈相比，其他故事自然谈不上令人印象深

刻，不过那些江户时代别的蛤蟆故事几乎全都有一种属于蛤蟆的独特吸引力。比如说，点心和小饼干好端端地放在盘子里，突然就跳到了院子里面。你往屏风外一看，就会看到那里蹲着一只大蛤蟆，嘴里还向外吐着白色的丝，一点点把点心和小饼干吸进嘴里。大多也就是这样的故事。

不但如此，蛤蟆还会吸取黄鼠狼或者猫之类动物的精气，凭借魔力吸过来后吃掉。《耳袋》的作者记录道，要是蛤蟆住到了马厩下或者人家宅第的床下，马和人就会心气衰弱，身染疾病。

在欧洲，蛤蟆的吸引力并没有被当成问题，倒是在魔法和妖术的世界里，蛤蟆扮演了非常重要的角色，那是因为蛤蟆带有剧毒。在魔女的夜宴上，大锅里咕噜咕噜煮沸的那只青蛙，其实也是蛤蟆。

44　女护之岛

　　根据中国古代的《山海经》记载，在东海深处有一个司幽国。在那里，男女过着各自的集体生活，两个集体之间互不往来。若要生育，则有女子"因气感应"，即通过空气或风的感应来受孕。

　　日本室町时代的故事《御曹子岛渡》里也有如下场面，主人公义经漂流到北方只有女子的岛，也就是所谓的"女护之岛"。义经心生诧异，询问起来。岛女回答他说，此地有南风，以南风为丈夫，生下的孩子全是女孩。

　　读了这些情节，我不由想起古希腊语和拉丁语的文学中，也常有因风而使牝马受孕的传说。普林尼的《博物志》里有如下记载：

　　"在卢济塔尼亚（葡萄牙）的奥里斯波（今里斯本）和特茹河附近，牝马面迎西风，因风受孕，此事颇为知名。如此所生的马驹脚速极快，但往往不满三岁便死。"

把马和人类放在一起思考的话，没有任何两性交涉，单是靠着南风或西风的力量便可受孕，这些传说究竟有怎样的关系呢？总不由令人遐想。

牝马的故事和女护之岛的传说，估计都不是世界上实有之事。

要是哪个岛上只有男子的话，不但缺少情色意味，而且想想也十分乏味。要是说这个岛上全是女子，顿时能激发我们充满情色的想象力吧！所以西鹤在《好色一代男》的最后让主人公世之介造了一艘名叫"好色丸"的船，向着女护之岛扬帆起航，就这样作为终曲。世之介所说的"女子之网罗"，总是向我们暗示着情色的无限可能性。

欧洲有亚马孙女儿国的传说，可能和女护之岛也有一些近似的关联。不过在亚马孙的传说里，有一点要素和女护之岛有着显著的差别，那就是女性的强大形象——威风凛凛的女战士。恐怕这也是来自男性的情色想象，呈示出他们真正喜好的那一面吧。若非如此，也不会直到近代仍有那么多作者传扬着这些故事。

从希罗多德以来，亚马孙王国总是被认为位于北方的土地，也就是高加索、斯基泰，或者色雷斯以北这些地方。这个国度中的女子并不是因风受孕，而是和异国男子交合生子，若是男孩则杀掉，只把女孩养大。为了不妨碍张弓搭箭，所以风习中要把右侧的乳房切掉，这也是"亚马孙"这个词的词源。所以，"亚马孙"的意思就是"无乳房"。

马可·波罗在《东方游记》里提到，在印度以南的海上也有男人岛和女人岛，男女分别居住。住民是受洗的基督教徒，一年中有三个月，男子会留在女岛上，和妻子共度欢乐时分。

另外，14世纪的《曼德维尔游记》提到，迦勒底（巴比伦，今伊拉克）附近有亚马孙国，唯有女子居住。那些女子想和男性交往时，便前往情夫之处，一同生活八到九天。

虽说意见纷纭，但真正的亚马孙国究竟在哪里，实际上还是历史之谜。

45 不死之人

法国大革命之前的欧洲，常会有一些像骗子一样跑到各国宫廷里来吹牛的人，这些人往往身份可疑，行踪怪异。譬如说淫棍卡萨诺瓦，或者炼金术师卡廖斯特罗，都很有名。

法国的圣日耳曼伯爵被称为"不死之人"，也是这些怪人中的一位。

虽然称为伯爵，但是这个男子实际上本名是什么，是何方人氏，身世如何，没有一个人知道。据他自己说，他出生于两千年前，由于吃了永葆青春之药，因此看上去是永远年轻的模样。他曾和《圣经》里出现过的示巴女王以及基督一同谈笑风生，也曾去过尼布甲尼撒王所建的巴比伦大城的首都旅行。

不出所料，这些奇谈怪论让聚集在凡尔赛宫里的那些世界各地的贵族和贵妇们兴味盎然。

　　而这名伯爵的确拥有惊人的广博知识，任是哪里的语言都能说得很流利，而且在化学和炼金术方面的知识，在当时更是无人能及，甚至还能自己制作黄金和不老之药，更拥有数不尽的钱财。

　　那个著名的淫棍卡萨诺瓦，为了得到圣日耳曼伯爵的知遇，想邀请他共进晚餐。但伯爵说："好意心领，但我已经不吃任何食物了。单吃一些丸药和燕麦就足矣！"便拒绝了卡萨诺瓦的邀约。

　　有一次，伯爵在聚会之时讲述恺撒时代的事情，一桩桩宛如亲见。席间有人愠怒地问伯爵的仆人："你家主人说的这些，都是真事吗？"这个仆人答道："各位，实在很抱歉，我跟从伯爵至今也不过才三百年。"可见主人不愧是主人，仆人毕竟是仆人啊。

　　这个故事，总会让我联想起林罗山在《神社考》里所写到的那名生于天文年间的会津实相寺的秋风道人。

　　秋风道人是个禅僧，又号残梦。他自称是五十多年前去世的一休的亲友。不仅如此，说到三百多年前源平合战时代的话题，他说起来又似亲历，又似亲见。一旦听者中有人表示怀疑、上前质问时，他便托辞时间太久已经忘记，赶紧改变话题。

　　在会津町，有一个以磨镜为职业的老人，名叫福仙。

有一次，秋风道人去见那位磨镜老人，问他：

"你就是为义经公掌旗的人吧！"

福仙听了也不认输："和尚，你定是常陆坊海尊。"

两个源平时代的人，活了三百五十多年，都隐居在东北的小镇里面。

众所周知，常陆坊海尊没有和义经一同战死，留得残生，最终下落不明。据说他走到哪里，就为了消除罪业而讲述着自己所知甚详的源平合战的始末。这就是在东北地区非常知名的传说的主人公，如折口信夫所说，在一些灰暗之处，仿佛总是存在着受到诅咒的不死之身。

不死之人的传说里，也有自古以来以若狭为中心的八百比丘尼的故事。这故事和海尊的一样，说是吃了人鱼就变得不死。恐怕这也是受到了人鱼的诅咒吧。

46　透视远方

　　说是有个男子从江户去长崎出差，犯了严重的思乡病，没有食欲，每天都昏昏沉沉的。主人看了觉得不对劲，某天带他去出岛的长红头发的人的公馆看荷兰医师，盼着红毛人能拿出什么特别的方子来治这种病。

　　医师拿了个盆子装满水，说："把头浸到水里去。"男子就这样照着做了，医师又抓住男子的衣领，使他没入水中，又对他说："请睁眼！"当然，这些指示都是通过翻译说的。

　　于是，男子在水里睁开眼，大约相隔六至七间（约十米）开外，可以清楚地看到母亲缝着帷账一样的东西，正是自己留在江户的老母亲。

　　等到医生把男子的脸从水里拉出来以后，整场治疗也算结束了。临走让他带了点药回去，喝了药后，男子就完全恢复了。

看完病了回到江户，彼此相叙别情，母亲说了这番话：

"你出差一年多，难以见面，心中实在是思念不已。有一天，我正在给你缝帷帐，忽然从窗户往邻居家看，在围墙那里浮现出了你的样子，面面相觑了一阵。这决计不是做梦！"

男子大吃一惊，赶紧问母亲那个时刻，竟和他在长崎接受红毛医师治疗之时乃是同日同时。

这个故事来自根岸镇卫的《耳袋》，作者最后说："绝对是一种幻术。"在作者看来，这或许又是基督教传教士的一种妖术吧。

不过在我看来，和这个男子相比，倒是那个老母亲更加惹我注意。男子的确是借助红毛人的幻术看到远方的光景，但母亲那边完全是靠着自身的超常能力，算是一种透视术吧。要是这个母亲再练习得积极一点的话，差不多就能像瑞典的大神秘家斯维登堡那样，掌握自由自在地透视远方的技巧吧！

1756年9月，斯维登堡搭船从英国回瑞典，在爱丁堡去威廉·塔斯特家里做客。除他之外，还有十五名客人。到了傍晚六时许，斯维登堡还在室外，忽然慌慌张张地大声把大家都叫到客厅里来。

　　"出事了，斯德哥尔摩市区里着火了，火势迅猛，烧得到处都是，快要烧到我家了！"

　　问题是，爱丁堡离斯德哥尔摩有着五百公里以上的路程呢。

　　到了八点，他再次跑到外面去看，回来的时候开心地说："真是万幸，火总算是灭了，差三栋楼就是我家了。"

　　这个传说很快就传到爱丁堡所有市民的耳朵里了。市长把斯维登堡叫来，问他事情的前后经过。他便当着市长的面，把火灾从何而起，又如何被扑灭，仔仔细细讲了一遍。

　　三天后，有使者从斯德哥尔摩来，所带的书信里提到的火灾情景和斯维登堡所说的情况毫无二致，火灾确

实是八点时被扑灭的。

　　斯维登堡的超自然能力深深打动哲学家康德的故事也很有名。世上被称为神秘家的人很多，但到了近代，真能拿出确凿证据来证实的人，却少之又少。

47 黑弥撒中的面包

说的是 19 世纪末的事，正值复活节那一周。

有一个老妇人，偷偷来到巴黎圣母院的后院，从靠近唱诗班右侧那边慢慢潜到了一间名叫圣乔治的小祈祷室里。见四周无人，便从祭坛上的圣柜里拿了两件圣器，藏在衣服里逃出了教堂。

圣器是一种大型的葡萄酒杯，一般都是金属制成的，上方有带着十字架的杯盖。这是为信众分圣体（作为圣体的面包）的器皿。那时的两件圣器里分别放满了圣体面包，差不多有五十几个。

这老妇人到底是为何要偷这些装着面包的圣器呢？是要偷卖金属吗？

虽说古代的圣器都是银质的，但到了 19 世纪末，圣器基本上都是铜或者铝制成的，真要卖也卖不了几个钱。那又是为了什么呢？

讲述这个故事的法国作家于斯曼认为，这个老妇人从巴黎圣母院大教堂偷盗圣器，实际上是为了要里面的圣体面包。

那么，这些圣体面包有什么用呢？于斯曼断言，除了要去做黑弥撒，没别的可能了。

如果认为黑弥撒，或者说恶魔礼拜，是中世纪的那些迷信行为那就大错特错了。事实上在科学和进步观念特别兴盛的 19 世纪末的社会里，那一套还是在频频发生。于斯曼也详细讲述了当时的法国各大教堂里屡屡发生的圣体被盗事件。

简单来说，黑弥撒就是天主教礼拜的一种颠倒形态。所以在天主教的弥撒里被视为基督肉身的面包，到了黑弥撒仪式里，同样是不可缺少的。黑弥撒的司祭要搞一些特别不洁净且淫靡的仪式，来亵渎这些被视为神圣的面包。

就拿 16 世纪的法国王妃卡特琳·德·美第奇来说，为了知道病弱的儿子查理九世的命运，她在文森城堡的离宫里举办了一场黑弥撒，使用了黑白两种颜色的圣体面包。

房间里列席的只有卡特琳的心腹部下，到了午夜

十二点，黑弥撒准点进行。司祭是背叛多明我会的僧侣，他先是脚踏倒下的十字架，随后又把代表白色圣体的面包塞到同来的犹太美貌少年的口中，少年浑身发抖、悲泣呼号着被司祭抓到祭坛之上，斩首示众。

趁着那颗离开身体的头颅还在微微颤抖，司祭将其放到盛满了黑色圣体面包的盘子之上，赶紧点起两根蜡烛，并唱咒文。这时候，从那死亡的孩子的口中，会传出魔鬼的宣告。

日本也有黑弥撒这样的事，在真言密教的一支和阴阳道相混合而成的立川流的仪式里，在骷髅上涂男女的和合之水，也能借其口发出宣告来。

不过，立川流作为藏传密教的支流，也绝对不是欧洲式的那种善恶二元论。因此，黑弥撒仪式里的那种本质要素，即故意亵渎基督教的神圣性，到了这里就被完全抛弃了。

48　各式各样的占卜

无论什么时代、什么地方，都会有占卜。只要有那种把自然现象和其他现象相联系的欲求，占卜就会马上出现。我们小时候也知道伸出脚把木屐甩得远远的，以此来占卜明天的天气。

欧洲和亚洲最古老的占卜是割破野兽的肚腹，检视其内脏的形态（肠占），或是拿火烧羊的肩胛骨，检视其裂痕的形状（肩胛骨占）。此外也有拿土、水或火，或是植物等其他物件的，要占卜起来几乎没什么是不可用的。

日本古代称为太占或者龟卜，是把兽骨或是龟甲拿火烧来占卜，这早已广为人知。据说，这是来自中国大陆萨满教的系统，经由朝鲜传进了日本。伴信友在《正卜考》里详细介绍了其中的方法。

这一回，要说的主要是中世纪的拜占庭帝国里出现

的那套被称作 alectryomancy 的占卜方法。在希腊语里，
ἀλεκτρυών（alectryon）意为雄鸡，μαντεία（manteia）
则意为占卜，所以 alectryomancy 就是鸡占的意思。

谁要是想知道盗窃犯或者继承人的名字，可以在平
地上画一个圆圈，按照字母表的数字来平均分割，每一
个分割处写上相应的字母。随后要数出麦粒，口中还要
唱咒文：Exe-Enim-Veritatem（现在看到真相）。从 A
开始把麦粒都放在这些字母之上，直到 Z 为止。等到
麦粒都放置完毕，牵一只剪过趾甲的年轻公鸡到这个圆
圈内。仔细观察这只鸡啄取数量相当于哪个文字的麦
粒，便在纸上写下来进行拼读。这就是想问的那个人
的名字。

虽说如今养鸡的人家已经很少了，但是这种方法也
不是说完全没法实施。

众所周知，罗马皇帝瓦伦斯想要知道继承人的名
字，便用过这个方法。雄鸡啄出的麦粒拼出了 THEOD
这串字母。皇帝将其解释为特奥多斯，便将名字与其
接近的人杀得一个不剩。但是结果呢，瓦伦斯皇帝死后，
来自西班牙的军人弗拉维乌斯·狄奥多西还是继承了
帝位。

在伴信友的《正卜考》第三卷里，以"杂占"为题列举了日本古来各式各样的占卜方法。其中包括琴占、巫鸟占、米占、粥占、管占、夕占、石占、足占、桥占、水占、灰占、带占、山营占、苗占、歌占、签占、依瓶水占、三角柏占等，还有一些奇奇怪怪的名字。光是看这些名字，每个种类究竟是拿什么来占卜，基本上也都能知道了。

不过实际上也没那么神秘。就拿夕占来说，无非就是到了黄昏时分站到行人往来之处，偷听过路人聊天的内容，以此判断吉凶。足占呢，就是事先定好一个目的地，然后一步步走，口中就依着步子念"吉—凶—吉—凶—"，看到达的那一步是吉还是凶来做决策。

水占也无非就是扔一根绳子到河里去，看这绳子牵引上什么漂流之物，以此来判断吉凶。我总觉得吧，特别傻。

49　百物语之结

　　所谓百物语，就是一堆人聚在一起，按着次序讲鬼故事。讲满一百个的时候，真正的鬼怪就会出现。其实不会有人真的相信这些，但要的就是这种人为营造的恐怖紧张的气氛，并以此为乐。在江户时代的怪异小说集《御伽婢子》的卷十三"说鬼怪鬼怪就到"一节里，就有这样的事。

　　"百物语是有仪式的。在一个暗月之夜，点上灯笼，灯笼得用蓝纸包上，点燃百束结成的灯芯。每讲一个故事，就抽掉一根灯芯，这样满座都会渐渐暗下去，在蓝纸映射下显得越发凄凉。就这样讲下去，鬼怪或恐怖之事就必然会来临。"

　　就是说，先准备好相关道具，最终目标要依此来加深诡异的气氛。

　　森鸥外有短篇《百物语》，其中写道："举个例子说，有个人叫法基尔，总是唱着'阿拉，阿拉'，摇头晃脑的时候宛如亲见神明，更加重了其神经之刺激。一时间幻视幻听都涌了上来。"或许确实会有这样的情况发生。补一句，这个法基尔是一个伊斯兰教的苦行僧侣。

　　恐怕在那个人人都相信鬼怪的年代里，百物语这种游戏是不太会有人去做的。唯独在对鬼怪不太容易相信的时代，才会有这种试图窥看超自然世界的愿望，形成这类人为地去制造恐怖和紧张感的风习。

　　《御伽婢子》卷十三的结尾说的话很有意思。作者说，这个物语还没满一百篇，所以真要把鬼怪引出来也不太容易，还不如就此搁笔。作为结束语，落笔确实潇洒。

　　这本《东西不可思议物语》也一样，从连载之初到如今的四十九篇。说是离一百篇还差不少吧，那些恐怖的不可思议之物也没那么快出来。但对我来说，也不敢确定。干脆就附上浅井了意（《御伽婢子》的作者）的骥尾，也就此告终吧。

　　回想起来，从第一篇《役使鬼神的魔法博士》以来，总是拿日本的传说和欧洲、中国的传说来对比，叙事也没什么系统性，也只是随我兴致来写，不可思议的故事居然也写了快五十篇了。

　　时时游览于神话传说的世界里，也常常引用点历史

或是文学故事，就这样搜罗了将近五十个故事的题目。然而，我最相信的命题，其实是我们那些不可思议的梦想能够无限延伸。哪怕是在如今，这个已经不再会轻易相信那些不可思议之事的 20 世纪后半叶，也是这样。

纵使如此，在那些最古老的神话传说中，我也发现了最新的科幻小说的主题，不由得感慨，这些难以想象的传说确实是图像和象征符号的宝库啊！我也会继续潜心寻找这些事物。

到了连载的最后，究竟要找个什么理由来结束呢？实在头疼。找个简单的理由吧，还特别充分有理，那就是可以不必特地再去想第五十篇的内容了！

作者就这样简单粗暴地退场了！抱歉！

译 后

"不可思议"是一个佛教词汇，指那些超出人类一般理智所能把握的对象，无法思量言说。不过倘若单从字面上来看，情况却恰恰相反。那些被称作"不可思议"之事，往往是只可思，只可议，却难以付诸现实。所谓世间奇事，总是口口相传，煞有介事，但若考据真假，总显得虚无缥缈，缙绅先生难言之。涩泽龙彦是这样的一个人，越是难言处，越要反复言，于是就有了这样一本《东西不可思议物语》。

如此一本小册子，搜罗数十章世间奇异事，俱有出典，为人间的正统历史作注脚。有些是鬼神怪谈，也有各地奇闻，唯独不讲一本正经的忠臣孝子。在一个"大道理"横生的世界里，涩泽龙彦专门寻找害虫。害虫的存在，让"大道理"显得有些尴尬，不再庄严体面。而恰恰是这样，这个遍布"大道理"的世界才有了点趣味和情味。

"不可思议"故事的游戏规则就是不问真假，不讲武德。专门触动读者的想象力和情感，从来不负责说教。涩泽龙彦是一个玩心十足的人，他的每一部著作，实际上都是玩心的产物。成年人嘛，最容易欠缺的就是玩心，其实也就是对生命的热望与期待。人的生命又不是建立在冷冰冰的理性逻辑上的，只有玩心盎然，才是生命之火熊熊燃烧的时刻。

我翻译这本小册子，一路读来，有些故事新奇，有的也特别老套，刺激感不那么强。不过话说回来，所有新奇的故事，说多了都老套。再老套的故事，也曾新奇过。涩泽龙彦是这些故事的搜罗者，只要故事继续流传下去，总会变得越来越陈旧。假如你觉得故事有意思，那就讲给那些不知道的人听，或许也会收获不少惊诧呢？假如在各地的读者里，还能够找到更多不可思议的故事的话，这要是让涩泽龙彦知道了，一定愉快极了。

说到底，人们还是要去思、去议那些"不可思议"之事，但讲情趣，不问真假是非，那样的世界，想想都会很好玩。

以上是译后的闲言碎语。最后照例要感谢优雅美善的编辑刘玮女士，让我能充满玩心地翻译这本

玩心之作。内有译得不好之处，一定是我玩心过重
了吧！

张斌璐

東西不思議物語

Tozaifushigi Monogatari

By Tatsuhiko Shibusawa

Copyright © 1982 Ryuko Shibusawa

All rights reserved.

First published in Japan in 1982 by KAWADE SHOBO SHINSHA Ltd. Publishers

Simplified Chinese translation rights arranged with KAWADE SHOBO SHINSHA Ltd. Publishers

through CREEK & RIVER Co. ,Ltd. and CREEK & RIVER SHANGHAI Co. ,Ltd.

著作权合同登记号桂图登字:20-2022-065号

图书在版编目(CIP)数据

东西不可思议物语/(日)涩泽龙彦著;张斌璐译.—桂林:广西师范大学出版社,2022.8

(涩泽龙彦文集)

ISBN 978-7-5598-5118-5

Ⅰ.①东… Ⅱ.①涩…②张… Ⅲ.①随笔-作品集-日本-现代 Ⅳ.①I313.65

中国版本图书馆 CIP 数据核字(2022)第104099号

东西不可思议物语

DONGXI BUKESIYI WUYU

出品人:刘广汉　　　　　　　策划编辑:刘　玮

责任编辑:刘　玮　　　　　　助理编辑:钟雨晴　陶阿晴

装帧设计:李婷婷　王鸣豪　　营销编辑:姚春苗

广西师范大学出版社出版发行

(广西桂林市五里店路9号　　邮政编码:541004)
(网址:http://www.bbtpress.com)

出版人:黄轩庄

全国新华书店经销

销售热线:021-65200318　021-31260822-898

山东韵杰文化科技有限公司印刷

(山东省淄博市桓台县桓台大道西首　邮政编码:256401)

开本:787mm×1092mm　　1/32

印张:6　　　　　　　　　字数:110千字

2022年8月第1版　　　　2022年8月第1次印刷

定价:58.00元

如发现印装质量问题,影响阅读,请与出版社发行部门联系调换。